長編超伝奇小説

緋《ひ》の天使

―魔界都市ブルース―

菊地秀行

祥伝社文庫

目次

早稲田ゲート
早稲田通り
矢来町
神楽坂
喜久井町
戸山
明治通り
外苑東通り
大久保通り
大久保二丁目
市谷加賀町
市谷本村町
大久保一丁目
職安通り
余丁町
自衛隊市谷駐屯地
新宿六丁目
四谷三丁目
地下鉄曙橋駅
歌舞伎町
三栄町
四ツ谷ゲート
靖国通り
四谷税務署
メフィスト病院
新宿通り
大京町
内藤町
若葉
新宿御苑
信濃町
四谷第六小学校
神宮外苑

魔界都市〈新宿〉
中落合
下落合
中井
高田馬場
小滝橋交差点
百人町
北新宿
大久保
新大久保
青梅街道
西新宿
新宿
京王プラザホテル
秋せんべい店
新宿中央公園
西新宿ゲート

口絵&本文イラスト・末弥純

1章　昏《くら》い依頼人

1

雪の降《ふ》る夜に、街路を歩くものがふと周囲を見廻《みまわ》すと、〈新宿〉の街は影絵のように見える。窓明かりだけが点《とも》る実体のない虚無の建造物は、それこそ、童話の一挿画《そうが》か夢の中の一場面のようで、愚《おろ》かな観光客のほとんどが足を止め、恍惚《こうこつ》と見入るのは当然としても、〈新宿区民〉ですら、よほどの気力をふりしぼらないと、平穏な道行を続行することは、時に難しい。あわてですがった街路樹は、固い路面は、深々と積もった淡雪《あわゆき》へ踏み込んだみたいに彼らの足を呑《の》み込み、後に残るのは、紙のようにどこまでも裂《さ》けていく。

虚無の街を行くものに必要なのは虚無の精神《こころ》なのかもしれない。

その夜、西新宿四丁目のせんべい屋を訪れた女は、いまにも、影の街と同化しそうなはかなさを全身に漂《ただよ》わせながら、ローヒールは路面を固く踏みつづけていた。

肩まで垂《た》らしたゆるやかなウェーブの黒髪に、払い落とせなかった雪片が星のようにまたたき、消えてゆく。

二十二、三と思《おぼ》しい年齢にふさわしからぬ落ちついた眼は、炬燵《こたつ》をはさんで向かい合った稀代《きたい》の美貌《びぼう》と、かたわらのガス・ストーブを同時に映《うつ》していた。

美貌の主《ぬし》のほうは、女を見ていなかった。いま、女が資料として卓上に置いた封筒に眼を落としたところだった。

彼はそれに、女が恥ずかしくなるくらい美しくしなやかな指を当て、そっと滑《すべ》り戻らせた。

「どうして？」

女は怪訝《けげん》そうな表情で若者を見つめ、すぐに眼をそらせた。この若者の顔は二、三秒が凝視の限界だ。それを過ぎると、頭に虹色《にじいろ》の霧がかかって、一種の痴呆《ちほう》状態に陥《おちい》ってしまう。

軽く頭を振って、驚くべきことに、女はもう一度、今度は糸のように眼を細めて若者を見つめた。

「秋《あき》せつら――〈新宿〉一の人捜し屋《マン・サーチャー》は、今まで依頼を断わったことがないと聞いたけれど」

「お茶をどうぞ」

と、若者――秋せつらは、女の手前で蓋《ふた》も取っていない茶碗を勧《すす》めてから、

「幾つか例外事項があるのです」

と、切迫した依頼人なら怒り出しそうな、のんびりした声で言った。いや、いま、外の街路に生命《いのち》を狙《ねら》う刺客《しかく》が待ち構えていると知っても、この声を聴《き》けば、天上音楽に聴き惚《ほ》れる楽人《がくじん》のように、運命を忘却するにちがいない。

「ひとつは――事前に、その依頼主が、嘘をついていると発覚した場合」

と、せつらは右の拳《こぶし》の人差し指を立てた。その仕草の絵のような決まり具合に、女はさらに恍惚となりかけ、せつらにはわからないように歯を食いしばった。

「もうひとつは――これは時間的なものですが、別件での捜索の対象が依頼に訪れた場合」

中指が立った。

指は鍵盤《キイ》を求めるオルラックの指のように妖《あや》しく交差し、女を指す役割は人差し指が担《にな》った。

「——二時間ほど前、あなたの写真を見せられました。新しい依頼人を売るわけにはまいりません。したがって、ご依頼は受けかねます」

女はうなずいた。

「売ってもさしつかえなくってよ。それを承知で受けていただきたいの」

女は左手を右腕に当てた。

「当事務所の規則に反します。——お帰りください」

「話だけ聞いていただけないかしら？」

女が静かに訊《き》いた。

「残念ですが」

「どうしても？」

女の口調がやさしさを含んだ。

「規則に例外をつけると、なし崩《くず》しになります。それではもう、規則とはいえません」

「顔に似《に》ず、頑固《がんこ》な人捜し屋さんね。むかし観《み》た懐古《レトロ》映画のハードボイルド俳優みたいだわ」

「これが現実でして」

女はうすく笑って、左手でハンドバッグを引き寄せた。

「わかったわ。もうひとつ——別の用件があるの」

「何でしょう」

鼻先に小さな黒点を突きつけられても、せつらの茫洋《ぼうよう》たる表情に変化はない。

直径一〇ミリの多用途自動拳銃《MPA》は、全長一六〇ミリ、銃本体重量八〇〇グラムの中型軽量ながら、通常弾ならマグナムも、特殊弾丸でもガス弾、火炎弾、溶解弾、毒液弾等、弾丸の形状と機能を備《そな》えてさえいれば、種類を問わず発射可能だ。その意味で、拳銃《ハンドガン》とは呼ばずに発射装置《ランチャー》と称するものもいる。弾丸さえ絶《た》やさなければ危険な職業に就《つ》く女性には、もってこいの武器といえた。

女の人差し指はすでに、ダブル・アクションの引金《トリガー》を、限界まで引きしぼっていた。

「プロですね」

と、せつらは、この期《ご》に及んで、のんびりと口にした。

「わかる？」

「そのMPAは、重い引金で安全装置を代用させています。右利《き》きの女性でも楽に引くのさえ難しい。まして、左の指で発射位置寸前で止めるなんて芸当は、真っ当な女性には不可能です」

「左利きかもしれなくてよ」

「さっきから拝見していると、右手をまったくお使いになっていない。時々、押さえるのは、痛みか麻痺《まひ》を和《やわ》らげるためではありませんか？」

「大したものね」

女は苦笑した。月輪のごとき美貌は、〈区外〉の一流モデルとしても妍《けん》を競えるにちがいない。

ただし、女の選んだ職業は月ほどの距離があるようだ。

「ほんの少し力を加えれば、一〇ミリ・マグナム弾が、あなたの額に穴をあけるわ。止められて？」

「やってみなければわかりません」

せつらは、どちらかといえば眠そうな表情で言った。

「――僕が死ぬか、あなたが死ぬか」

女の眼差《まなざ》しに鋭いものが走った。

「失礼」

と、せつらが言って、手許《てもと》の茶碗を取り上げた。

ひと口すすったとき、銃口は遠ざかった。

「失礼したわね。悪く思わないで」

と青光りする自動拳銃をハンドバッグに収めてから、女は左手で茶碗の蓋を開けた。

白い喉《のど》が小さく揺《ゆ》れたとき、眼は閉じられていた。

「凄《すご》いなあ」

「え？」

「拳銃、ハンドバッグにしまったでしょ。咄嗟《とっさ》のとき、それじゃあ役に立ちません。拳銃なんかどうでもいい武器か技を使うんですね」

女の苦笑が大きく広がった。

「凄いのはあなたよ――今日来たばかりだけれど、つくづくこの街が怖くなったわ」

女は立ち上がった。

卓上の封筒へ手を伸ばし、もう一度、せつらの方へ押した。

「無駄だと思うけど、預かっておいて。私を捜してくれと言った依頼人どもが気を変えたら、また来るわ」

「でも」

「それも規則違反？」

「いえ」

「なら、お願い。また会えるような気がするの」

「はあ」

それをありがたくないと思っているのかどうか、茫洋たる表情からは判断できなかった。

女は狭い三和土《たたき》へ下りたところで、振り向いた。

「断わった依頼人に、特別サービスをしてくれない？」

「はあ」

「私と会ったこと、できたら、明日の朝まで、いえ、三時間でいいわ。依頼人とやらに連絡しないでおいてくれないかしら」

女はうすいグレーのタートルネックの、セーターの首もとをつまんで直した。ひどく平凡で女らしい仕草だった。

「残念ですが」

女の口許に、本当の笑みがかすめた。

「ごめんなさい。あなたこそプロの鑑《かがみ》よ、きれいな人捜し屋さん。――また、ね」

「はあ」

およそ別れの場面にふさわしくない返事は、閉じられたドアに当たる前に消えた。

女の気配と足音が遠ざかるのを家の中から確かめて、せつらは上衣の胸ポケットからうすい携帯電話を取り出した。

二時間前に伝えられた番号をプッシュすると、通信音が二度鳴って、相手が出た。

名乗らない。無言である。

「秋です」

と、せつらは気にしたふうもなく言った。

「おお」

と野太い声が応じた。すでに面通しを済ませたせつらは別として、一般人なら身長一八〇センチ以上、体重一〇〇キロ以上の気の荒い猛獣みたいな男を連想しそうな声だ。嘲《あざ》けるような調子がまとわりついている。

「ちょっと待ちな」

と声が遠のいてから、別の――今度は女の声だった。

「夏柳《なつやぎ》でございます」

七十歳以上の、白髪でフリル付きのブラウスを巧《たく》みに着こなす品のいい老婦人にちがいない。

「秋ですが」

と、せつらは繰《く》り返した。

「まあまあ、わざわざご連絡などしていただいて恐縮です。後ほどこちらから出向こうと思っておりましたものを」

「ご想像が的中しました」

「あら」

人のよさそうな驚きの声の背後で、空気がぎんと凝縮した。

「五分ほど前に、陣内《じんない》きしあさんが当オフィスを来訪されました。依頼を断わると、すぐお帰りになりましたが、じきに行く先はわかります」

「まあ、なんてことでしょう。こんなに早く吉報が得られるとは。私の選択《せんたく》は間違っておりませんでした。あなたこそ、〈新宿〉の誇るマン・サーチャーですわ」

感謝の極《きわ》みに両手を拝《おが》み合わせる老婦人の姿をせつらは連想した。よくよく考えると片手には受話器を握っているはずだが、何しろ想像だから差しつかえはないのだ。

「で、どうすればよろしいかしら？」

「居場所がはっきりした時点で、また連絡します」

「よろしく、お願いしますわ。秋さん、さっきも申し上げたとおり、私ども夏柳ファミリーの名誉を守れるかどうかは、彼女の発見にかかっていたのです。それを、こんなに早く――あなたは天が私どもに差し向けてくれたお使い――天使にちがいありませんわ。何度でも、この口が裂けるまで、お礼を言いたい気分です」

「はあ」

ここで、婦人の声は、ややトーンを落とした。

「それで――あの娘は何か、あなたに？　たとえば、誰かを捜《さが》しているとか？」

「いえ、何も。おっしゃる前にお断わりしました」

「あら、可哀相《かわいそう》に。少しぐらい、聞いてあげてもよかったのではございませんか」

「何を言っても信用するなとおっしゃったのは、あなたの息子さんですけど」

「まっ、三十郎《さんじゅうろう》のこと!?　お許しください。悪い子ではないのですが、生まれつき、あの子ばかりが気性《きしょう》が荒くて、トラブルが絶えませんの。それにあの身体《からだ》つきでございましょ。本人にその気がなくても、みな、脅かされたような気分になってしまうんですのよ。秋さんにもそんな印象を与えたとしたら、母親として深くお詫びいたしますわ。では――陣内さんの逗留《とうりゅう》先、くれぐれもよろしく」

「母親ねえ」

こう言って、せつらが電話機を耳から離したとき、甲高《かんだか》い声が、その手を止めさせた。耳に当て直すと、

「秋さん、秋さん、ちょっとお待ちになって。いま――長男が、竜之介《りゅうのすけ》がお礼を言いたいと申しておりますの」

「いえ、もう、本当に」

この若者の辞退は、茫《ぼう》としているわりに、常に相手の要求を退《しりぞ》けてしまうのだが、

「そう、おっしゃらずに。お願い、ね、ね？」

老婆が哀願の口調になった途端、

「――わかりました」

もっと、茫とした声で応じた。

「ありがと。――聞いてくださるのね。さ、竜之介さん、はい」

電話の向こうから渋い声が流れてきた。

「話は聞いた」

身長一八五センチ、体重七〇キロ、短く髪を刈《か》り、タキシードと蝶《ちょう》タイ、洗いざらしの綿シャツとブルー・ジーンズのどちらもよく似合う三十代はじめのハンサム。煙草《たばこ》はマルボロ――か、細巻きのハバナ葉巻き。

「よくやってくれた。母と妹弟に代わって礼を言う」

「はあ」

「私たち全員の期待と感謝が君のその肩にかかっていると思ってくれたまえ。妹は留守《るす》だが、あらためて感謝するだろう。また、君自身も彼女の依頼を受けずにいてよかった。あれは他人に不幸ばかりを撒《ま》く女だ。今後も一切、関わりにならんことだよ。――ありがとう」

「いえ」

およそ気のないせつらの返事にも、気分を害したふうもなく、心地《ここち》よい言葉の余韻《よいん》を残して電話は切れた。

きしあの宿泊先が、新宿六丁目――日本テレビ廃墟の近くだと知れたのは、それから三〇分ほどしてからである。

2

部屋の前で、きしあはドアと壁とに張り渡した髪の毛を点検した。

異常はない。

ドア・ノブに細工《さいく》した様子もなかった。内部へ入って鍵と、ドア・チェーンをかけてから、部屋を点検する。奴らなら、三分もあれば、家具のすべてを爆発物に変えるくらいは朝飯《あさめし》前だろう。

噴霧式の液体爆薬《リキッド・ボム》は、三平方メートルのデスク表面に厚さ〇・一ミリの薄膜をつくる量だけで、機動警察の装甲車を一〇メートルも吹き飛ばしてしまう。

中和剤を噴きつけ、電磁波のチェック・ボックスを使った点検が終了したのは、一〇分後だった。

不経済で非合理だとの思いが、脳裡《のうり》を過《よぎ》った。単純計算でも三倍の手間がかかったことになる。

壁際のベッドに腰を下ろし、右肩に手を当てた。

あの人捜し屋の言ったとおり、麻痺は取れていない。明日はメフィスト病院とやらへ出かけてみなくてはならないだろう。

昨日は情報を求めて一日をつぶし、今日は人捜し屋を捜した。

望みは叶《かな》わなかったが、あいつらも同じ人捜し屋に依頼していたという事実が判明しただけでも収穫だった。昨日、歌舞伎町《かぶきちょう》の情報屋から仕入れた人捜し屋のリストには、まだ二つの名前が載《の》っている。さっきの西新宿よりだいぶ腕は落ちるが、それでも〈区外〉最高の私立探偵より百倍もましだそうだ。明日、病院の帰りに廻ってみよう。希望はまだあるのだ。

それにしても——

きしあの両眼は妖しく溶け、うすく開いた唇からは、熱い呻《うめ》きが洩《も》れる。

さっきから消えない。脳内に巣食った、妖しい光を放つ菌類のような若者の美貌が。

あれだけでも、あんな男がいるだけでも、この街は〈魔界〉だ。世界は罪つくりだ。

左手の移動をきしあは感じた。

駄目、こんなときに。自由になる手はいつも空《あ》けておかなくては。右手ほどの威力はないけれど、当面はこれしか頼りにならないのだ。

駄目だというのに、どうして、こんなところへ行くの？　私が好きなの、そこを？　それとも手が好きなの？　右手が治ったら、お仕置してやらなくては。

きしあはのけ反《ぞ》った。これだけは変わらない。済んだ後で虚脱感ばかりが残るのに、どうしてやめられないんだろう。

こうなったら、早く済ませなくては。ここを襲われたら、助かる見込みはない。早く——いつだって、私は早く済ませてきた。

疼《うず》きが断続的に襲ってくるが、もう耐性は出来ていた。一週間は保《も》つだろう。今だって、あの人捜し屋とさえ会わなかったら。女の依頼人のために、〈区〉はオナニー専用施設をこしらえてやったらどうか。

きしあは立ち上がって服を脱《ぬ》いだ。

ブラジャーもパンティも外した。裸身には、若さと——傷が溢《あふ》れていた。

左乳房《ちぶさ》の付け根と右腿《みぎもも》の内側にある筋はレーザー・ビームによるものだ。左肩は四五ロ径のダムダム弾。骨の半分は合成カルシウムとチタン合金が代用している。右腿のぎざぎざは少し珍しい。拷問《ごうもん》の挙句《あげく》、鮫《さめ》のプールに投じられたのだ。ダンカンの来るのがあと二分遅かったら、太腿の肉少量では済まなかったかもしれない。もっとも、きしあも、それまでに全長三メートルの鮫二匹を二つに裂いていたが。

陰毛はつくりものだ。自然の毛は、何度も根元から焼き切られ、一年前に毛根ごとえぐり取られてしまった。最近の移植技術の進歩は凄《すさ》まじい。今では当人にも見分けがつかず、拷問は夢じゃなかったのかと思わせるくらいだ。

一日一回、これを見るのが自信を回復するための儀式だといえば、つ、け、て、く、れ、た、敵は仰天《ぎょうてん》するだろう。こうやって生き延びてきたのだ。これ以上ひどい目になど遭《あ》うはずがない。

ハンドバッグを手に洗面所へ入り、鏡の前に立つ。

バッグから、そっと写真を取り出す。あちこち傷だらけ、折り目だらけのサービス判だが、大切にしなくては。

肩を組んだカップルと、もうひとり。

きしあと肩を組んでいるのは、同い歳《どし》くらいの若い男だ。きしあ自身は二、三年前に撮《うつ》したものだと判断していた。場所は——〈新宿〉の他にはない。背後の、偶然入り込んだらしいメカニズム刈《カット》りの男の子の向こうには鉄柵がそびえ、その背後に巨大な亀裂が口を開けている。〈魔震《デビル・クエイク》〉の生み出した大地の貪欲《どんよく》なる口だ。三人のいるのが〈新宿〉側なのは、柵の形でわかる。〈区外〉の柵は斜《なな》め交差の星型だが、こちらは長方形だ。

私は、いつ、こんな、うす桃色のカーディガンを着ていたのだろう。陽《ひ》の光にかがやく色を。いつ、こんな笑顔を浮かべることができたのだろう。こころの底から湧き上がる喜び。そして、隣《とな》りの男性は、いつ、私と一緒にいたのだろう。きちんと七三に分けた髪、男らしい太い眉《まゆ》と、真一文字に結んだ唇、怖そうだが、けっして穏《おだ》やかさを失ってはいない眼差し。うれしくて笑い、哀しいときには泣き、子供の悪さを見つければ本気で怒ることのできる二人——その中に私もいるのだ。

いつ、どこに——そして、誰と？

きしあは写真を鏡の下の受け台に置き、左手を髪の生《は》え際に当てた。

少し力を加えると、髪の毛は下の皮膚《ひふ》ごと剝《む》けた。

下から奇妙なものが現われた。

チャイムが鳴ったとき、南庭Q《なんばキュー》は粘土像の修理を終えたところだった。

灰色の断片がこびりついた木のヘラを摑《つか》んだ手で、チャイム連動のポケットホンを取り出し、

「どなた？」

と、不愛想《ぶあいそう》に訊いた。

「グレンダと申します」

ここ十何年耳にしていない、金鈴を転《ころ》がすような女の声だったが、それで有頂天《うちょうてん》になるほど甘い男ではなかった。

「今日は店閉《みせじま》いだ。明日、十時からオープンしてるよ」

と言った右手には、さっき外してテーブルへ置いたばかりのショルダー・ホルスターから引き抜いたステアーM202携帯自動銃《HSMG》が握られている。親指が安全装置をオフの位置へ押しやった。

「五〇〇〇万の仕事でも？」

信じるには桁《けた》が大きすぎた。信じないことにするにも同じだった。

「明日じゃ駄目なのかい？」

「今夜ひと晩だけの仕事なのよ。だから五〇〇〇万。その代わり、地獄へ落ちるくらい難しいわ」

「面白い。――入ってもいいが、ストリップをしてもらうぜ」

「承知の上よ」

ポケットホンは、ドアの開閉装置も兼《か》ねている。

三個の電子錠の最後のひとつが、重々《おもおも》しい音を立てて外れると、厚さ五〇センチ、一トンの超合金のドアは、ゆっくりと右へ旋回《せんかい》しはじめた。

赤いビニールコートが南庭の眼を捉《とら》えた。そこから顔へ眼を移すのは簡単だったが、顔から眼を離すのは、ひどく難儀だった。

ふっくらとした顔に浮かんでいるのは、こぼれるような笑みであった。白い歯が米粒みたいにかがやいている。名前に反して、髪も瞳も漆黒《しっこく》――国産だ。名前が幾つあっても、この街では誰も驚かない。

「幾つだ？」

反射的に訊いた。南庭には一昨年別れた妻との間に、二人の子があった。男の子が十五歳――そして、娘はこれくらいだ。

「脱げ」

ぶっきら棒に命じたのは、そんな意識があったからだ。

グレンダと名乗る娘は逆らわなかったが、コートの前に手をかけたとき、ふくよかな頬《ほお》は桜色に染まっていた。

コートの下は同色のワンピース。膝《ひざ》上三〇センチからのぞく太腿は見事なものであった。その下に、グレンダは白い下着をつけていた。清楚《せいそ》であどけない顔立ちだけに、豊かな肉づきと、それに食い込むブラジャーとパンティのつくるくびれは官能的とさえいえた。

「それもだ」

南庭の指示から、もはや人間性は失われていた。

グレンダは一糸《いっし》まとわぬ肢体《したい》を男の眼の前にさらした。容赦のない視線が若々しい肉の張りで盛り上がった乳房を、大胆な腰のくびれを、鮮《あざ》やかな黒い繁みを這《は》うと、それだけで官能に点火されたものか、グレンダは荒い息をついて胸を隠した。

「後ろを向いて尻《しり》を出せ」

と、南庭は命じた。

「どうして？」

「尻の穴に妖物を隠していたオカマがいやがってな。危なく殺されるところだった。いま、調べてやるよ。——こっちへ来な」

グレンダが導かれたのは、奇怪な「作品」の前であった。

高さ二メートル余りの粘土裸像だ。顔は南庭そっくりだが身体つきは倍もたくましい。股間《こかん》の雄根を見てしまい、娘は眼を伏せた。

「恥ずかしいかい、ゴーレムってな、おれの守り神だ。——さ、尻を出せ」

グレンダは恥ずかしいポーズをとった。

「あ」

小さな叫びは、官能と驚きとから出来ていた。固く小さなすぼみに触《ふ》れたのは、人間の指ではなかったのだ。

振り向く前に、冷たい指がずぶりと突き刺さり、グレンダに苦鳴を洩《も》らさせた。

指は自在に動いた。痛みと恥辱のさなかで、しかし、いつの間にか、グレンダの顔と声には、まぎれもない欲情がこもりはじめていた。

「何もねえようだな」

南庭の声と同時に指は引き抜かれ、グレンダは思わず、あうと洩らした。

「今のは——何？」

「さて、な」

と、南庭はとぼけて、奥のソファを指さした。

「あっちへ——」

言いかけて、その手が力なく下がり、よろめいた身体は、ゴーレムの上体にすがって、倒れるのを防いだ。

「どうしたの？」

「何でもねぇ。軽い立ちくらみだ。それより——話を聞こうか」

ふらつく足取りも、ソファへ辿《たど》り着くまでには正常に戻った。

「服を着るわ」

と言う娘を、

「いいから」

と、南庭は荒々しくソファへ押し倒した。

「何をするの？　私は依頼に来たのよ」

「よせよ。おれみたいなしがねえ探偵に、ひと晩五〇〇〇万も出す奴がいるもんか。誰に訊いたって、その値段に釣《つ》り合うのは、この街にひとりきりだって言うだろう。さ、なぜ、おれのところへ来たか口を割りな」

男の手がちぎれんばかりの力で乳房を鷲掴《わしづか》みにした。グレンダは声もなくのけ反った。

「本当よ……本当に……あなたに仕事を……」

「よしなよ」

女の口に黒い鋼《はがね》の筒が押し込まれた。ステアーM202の銃身で、娘の口腔《こうこう》を嬲《なぶ》りながら、南庭は片手でスラックスのジッパーを下ろした。

「こいつとこれと、どっちがいい？　お好みのほうを手で掴みな」

グレンダの片手がためらいもなく上がった。

掴んだのは鋼の銃身だった。

次の瞬間、白い腿が鞭《むち》のようにしなって南庭の後頭部を直撃し、彼を前方へ放り出した。

一回転して軽やかに立ち上がった男を見たとき、グレンダの眼に驚きの光が点った。

「最後の武器は自分の肉体《からだ》かい。だが、おれも強化処置を受けてる。熊並みのパワーがなきゃあ、互角には太刀《たち》打ちできないぜ」

3

私立探偵は、海千山千《うみせんやません》の笑いを見せた。その全身をM202の猛打が襲った。

年々、武装化が進む暴力団や非行少年を相手に、警察はもちろん、一般市民でさえ、拳銃一挺では追いつかない世の中になってきたが、〈新宿〉の民間人被害者数が、〈区外〉に比して少ないのは、〈区民〉による武器の携帯が、暗黙に認められているためだ。

〈区外〉から流れ込んできた無知なゴロツキが、拳銃ごときで通行人を恐喝しかけ、周囲の全員から短機関銃《SMG》の洗礼を受けて蜂の巣——などという事態は日常茶飯事《さはんじ》だ。この街では、プロにはまさしくプロの性根《しょうね》が必要なのである。もっとも、アウトローどもの武装が、際限なしに強力強大化していくのも、そのせいだが。

七・六二ミリの劣化ウラン芯頭《しんとう》弾は、毎分六〇〇発の速度で南庭の全身を襲って肉をはぜ、骨を粉砕した。

「あなたの言うとおりよ」

清楚な娘は硝煙《しょうえん》立ち昇るステアー片手にソファから起き上がった。ヘアも隠さぬ全裸体だけに、凄絶とさえいえる官能美があった。

「私はあなたを殺しに来たの。生きていられてはまずいのよ」

指紋《しもん》も拭《ふ》かず武器を床へ放ると、脱ぎ捨てた衣類のところへ行った。人工指紋のスペアは山ほどある。

ブラとパンティをつけたとき、

「理由を教えてくれよ」

と、背後から声がかかった。

愕然《がくぜん》とグレンダは振り向いた。

南庭は床から起き上がるところだった。

シャツこそ破れているが、傷口からは一滴の血も流れていない。

「しがない探偵さんの息の根を、肉体で釣ってまで止めようとする清純なお嬢さんか。——こりゃ、問い詰め甲斐《がい》がある。このオフィスには、拷問の設備も整ってるんだ。話し合いには時間をかけようや」

グレンダは身を屈《かが》めてM202を拾おうとした。

重い地響きが手を止めた。

眼前の床に、南庭とは別の人影が広がった。

二メートルの粘土像を、グレンダは黙念と見上げた。

「私のお尻に突っこんだ指は——あなたのね？」

「そのとおりさ。こいつはもうひとりのおれだ。矢来町《やらいちょう》の魔道士から、泥人形に生命を吹き込む方法を習ってな。斬った張ったの出番はみんなまかせてる。もうひとつ面白いのは、生命も分散するってとこさ」

像の全身に、前に見たときはなかったおびただしい小穴があいているのをグレンダは見つめた。

突然、気がついた。

M202をすくい上げるなり引金《トリガー》を引き絞《しぼ》った。

ゴーレムの胸と腹とが粘土片を撒き散らした。グレンダの視界が、のけ反る南庭を捉《とら》える。

ぶっ倒れた身体に、みるみる血痕《けっこん》が広がっていく。その数と位置が、ゴーレムに射《う》ち込んだものと寸分違《たが》わぬのは言うまでもない。

「生命を分散したと言ったわね。あなたに半分ゴーレムに半分。これで二つとも消えたんじゃなくって？」

「残念でした」

南庭が人差し指を振りながら起き上がってきた。グレンダは引金を引いたが、撃針は動かず、ボルトは後座したまま、排莢孔《はいきようこう》を空《むな》しくさらけ出していた。弾丸《たま》が尽きたのだ。

「こっちは粘土だ」

と、南庭はゴーレムの胸を拳で軽く叩《たた》きながら言った。

「だから死にゃあしねえ。おれの生命の半分は――したがって、おれも不死身なのさ。――おい、ゴーレム、姦《や》っちまいな」

彫像の股間のものが、勢いよく跳《は》ね上がるのをグレンダは見た。

恐怖の相を浮かべて後じさる。

影が重なった。

下着姿の娘を抱きすくめて床に倒したゴーレムに近づき、南庭は、

「つぶすなよ、勿体《もったい》ねえ」

と笑った。

「よくわからねえが、こいつにも性欲はあるみたいだぜ。粘土のあれがどんなものか、世界ではじめて味わうのも面白《おもしれ》えだろう。その後はおれ。――話し合いはそれからだな」

「やめて――大きな声出すわよ」

と、グレンダは身悶《みもだ》えしたが、粘土の像は耳などないがごとくに片手を動かし、彼女のパンティをずらした。

このとき、娘が浮かべていたのが、その顔立ちからは想像もできない、そして、次に口から出した叫びにふさわしい奇怪な表情であることを知って、南庭は眉宇《びう》を寄せた。

娘は悲鳴を上げた。

数分後、真紅《しんく》のコート姿が中井《なかい》にある小さなマンションの非常口を下り、隣りのビルとの間の路地に停《と》めてある白いサイノスに乗り込んだ。大久保《おおくぼ》二丁目の盗難車専門の改造屋から買いつけた車である。

ハンドルを握ったとき、車内電話が鳴った。

長兄からであった。首尾《しゅび》を告げると、

「よくやった。そのまま、新宿六丁目へ急行しろ。六の十五——天神《てんじん》小のすぐ近くにある安ホテルだ。きしあがいる」

「もう見つけたの。——大した情報屋がいるのね」

「人捜し屋だ。——噂どおりの腕利《うでき》きだった。おまけに、ハンサムだ。——天使のような」

「天使の？」

グレンダはくすりと笑った。せつらの美貌を知らないものがやりとりを聞いていたら、天使とはこの娘のことだと、主張したにちがいない。

「で、どうするの、その人捜し屋は？——正規の料金を払うつもりじゃないでしょうね」

「もちろんだ。きしあの後で始末する。剝製《はくせい》屋に持っていけば、ハワイに別荘の一〇や二〇は買えるくらいの値がつくぞ」

「大したものね」

グレンダは軽く口笛を吹いた。それが清楚なイメージとは嚙み合わず、だからこそ、腹が立つほど愛くるしい。

「あたし、ひとりでいいわよ」

「いや、私とポーキーが行く。くれぐれも先走りするな」

「さてね」

と応じて、グレンダは一方的にスイッチを切った。

カーナビに頼るまでもなく、初日に記憶した道路地図が、午前一時を過ぎた最短ルートを脳裡《のうり》に浮かばせた。

小滝橋《おたきばし》の交差点へ出て、「職安通り」へ左折。「明治《めいじ》通り」を抜ければ、六丁目は眼と鼻の先だ。一〇分、と踏んだ。

アクセルを踏み込む足が久しぶりに力《りき》んでいる。

大久保一丁目にあるナイト・レストラン「クライング・ガール」は、「明治通り」に面していた。

総ガラス張りの表面に車のライトが万華鏡《まんげきょう》のように滲《にじ》んでいる。

近所に似たような店は幾つもあるが、ハンガリー一のレストラン直伝《じきでん》という肉汁――グラーシュは、圧倒的な評判をとり、店は今夜も年齢、性別を問わぬ客たちでごった返していた。

テーブルの間を、大胆にヒップをくねらせながら、ミニスカートの女店員たちが通り抜ける。

その奥で、きしあは中年の肥満漢と向かい合っていた。

ぽってりとふくらんだ血色のいい頬っぺたの下は、溶岩が固まったみたいな三重顎《あご》が垂れ下がり、グレイのツイードのジャケットも、下のウール・シャツも、金ボタンが今にも弾《はじ》け飛びそうで、とてもイタリアの最高級品には見えない。

「〈新宿〉ナンバー4《フォー》の人捜し屋・走馬大作《そうまだいさく》」と自己紹介すれば、客たちの反応は決まって、

「信じられない」

「歩けるのか？」

「また、な」

になるのが常であった。体格にふさわしい好人物そうな顔つきのせいもある。

きしあが提供した写真をしげしげと眺めてから封筒へ戻し、ポケットへ収めた。

「二、三日待ってくれ。連絡先は？」

と、走馬は脂《あぶら》ぎった声で訊いた。

「――私のほうからするわ。――構わない？」

丸い丸い顔が好々爺《こうこうや》みたいに破顔して、

「いいとも、好きにしな。おれは捜すのが商売だ。他のことはたいてい、譲歩するよ」

「ありがとう」

「いいさ。ここ何年ぶりかで出会った美人の頼みだ。なあ、これはあんたの都合でいいんだが、一日分の料金の代わりに、ひと晩つき合わねえか？」

「ごめんなさい。お申し込みはうれしいんだけれど。――たぶん、亭主持ちなのよ、私」

「あちゃあ」

と、肥満漢がのけ反ったとき、その肩をいま、奥の個室から出てきたばかりの屈強な一団――その中央にいた男が叩いた。

「何しやがるんだ？」

別人のような鬼の形相が、おや、というふうに変わるまで、男の左右で走馬を睨《ね》めつけていた、これも猛烈そうな男たちが二人、思わず眼をそらした。

「もう刑務所《むしょ》から出てきたのか、この大極道《ごくどう》」

走馬の言葉に、クリーム色のダブルに身を固めた長身の若者が、モノクルの奥で、鷹《たか》みたいに鋭い眼を細めた。親愛の情などかけらもなく、笑ったのである。

「また、肘鉄《ひじてつ》か。——鏡を見たらどうだい、ファット・マン。おめえは一生、秋せつらにゃなれねえよ」

「余計なお世話だ。この死に損《ぞこ》ない。——じき、おめえの死体を掘り出してやるぜ」

憎々しげにののしって、走馬は席を立った。

「ギャングのいる店に長居ができるか、飲み直しだ」

レジの方へ向かう一五〇キロの後ろ姿を見送ってから、モノクルの若者は、能面と言ってもいい冷たい無表情を、テーブルへ着いたままのきしあへ向けた。うすいブルーの蝶タイと、襟《えり》に挿《さ》したクリーム色の薔薇《そうび》が幼馴染《おさななじ》みのようによく似合った。

「どこの女性かは存じ上げないが、おかしな人捜し屋を選んだもんだ。もっと腕のいいのが三人もいるんだぜ」

きしあは曖昧《あいまい》に笑った。せつらには断わられ、ナンバー2が海外旅行、ナンバー3が行方不明だなどと説明するのも面倒臭かった。

そんな白い貌《かお》を、若者はモノクルの奥から不思議と静かに眺めていたが、

「あんた、きれいだねえ」

ひそやかに言ったものだ。美人だというより、実《じつ》はあるかもしれない。

「ありがとう」

きしあはアップル・タイザーの缶を口に当てた。

「おれは酢漿草直人《かたばみなおと》というもんだ。よかったら、名前を教えてくれないか?」

飲み干した缶をテーブルに置いて、きしあは立ち上がった。若者——酢漿草直人の方を向いて、うすく笑い、

「ごめんなさい。住所不定無職なの」

「そうかい、じゃあ、しょうがねえな。——気をつけて帰りな。この辺は野犬が多い」

こう言ったとき、ドアが開いて、緑の迷彩服にジャングル・ブーツといった服装《いでたち》のアベックが入ってきた。腰のウォークマンに合わせて、下半身をスイングさせながら、女のほうが直人の隣りの空席を指さした。右手のコークから突き出たストローを口から離して、

「空《あ》いてる」

と近づいてきた。

一メートルで、男が女の方を見ながら、コークのプル・リングを指で引いた。炭酸ガスの放出音はしなかった。

代わりに虹色の膜のようなものが直人一党の眼前で広がり、アベックの姿を隠した。

「ボス——危ねえ!」

絶叫とともに直人の前に立ちはだかった男の胸を、銃声とともに灼熱の弾頭が貫いた。

「野郎!」

拳銃を抜こうとしたもうひとりが下腹を射たれて前屈みになる。——同時に、男たちの手から反撃の銃火が迸《ほとばし》った。

だが——見よ。彼らの放ったマグナムや化学弾は、ことごとく虹色の紗幕《しゃまく》の表面で飛翔力を失って床へ落ち、幕をかざしたアベックの凶弾はすべて貫通して、彼らに痛打を与えていく。一発だけ、流れ弾丸《だま》が窓ガラスに命中し蜘蛛《くも》の巣状の亀裂を白々と残した。

男たちのことごとくが床に這い、客たちも伏せたと見て、アベックは幕を下ろした。

一ミリもない化学繊維《せんい》は五〇層もの不安定分子の層から出来ている。片側からは自在にエネルギーを通過させて傷痕も留めず、片側から放たれたエネルギーはすべて接触と同時に振動する分子の層が吸収してしまうのだ。

硝煙《ガンスモーク》立ち昇るワルサーHMP——ハンド・マシンガンの銃口を止《とど》めを刺すべき標的に向ける。

「いないわ!?」

女が叫んだ。

「馬鹿な!?」

と、喚《わめ》く男の肩に、七・六二ミリ炸裂弾頭がめり込み、付け根からもぎ取った。

小口径特有の銃声を求めて左へ身をひねった女は、隣りの席に突っ伏した直人と、彼愛用のブローニングM1910を構えてその前に立ちはだかるきしあを見た。

2章　殺戮集団《ファミリー》

1

サイノスは約一〇分で「ホテル・バイザー」から一〇メートルほど離れた路肩に停止した。

車を降りてグレンダはホテルまで歩き、防弾ガラスのドアの前で、住所やら職業やらをフロント係と問答してから、ようやく開いたドアを通って内側へ入った。

清楚な美貌に舌舐《したなめず》りせんばかりの若いフロント係が差し出した宿泊カードに記入しながら、フロントの壁に標示される空部屋状況を確かめる。

今夜はついているようだ。ふさがっているのはただひとつ——204——二階の四号室しかない。

手渡された鍵《キイ》のナンバーは206だった。何とかならないものかなあ、と物欲しげなフロント係に一礼して、エレベーターの方へ歩き出す。カードの住所は〈区外〉、職業はフリー・ライターだが、本気にはしていまい。

エレベーターを降りて、204号室の前で足を止める。前金を払ったが、206号室を使うことはないだろう。

ドアに向けた表情は別人——鬼女そのものだった。

あの女が内部にいる——楽に殺すつもりなどなかった。ハンドバッグには電撃銃《ティザーガン》が収めてある。あいつを動けなくしてから、五万ボルトの電流で身体じゅうを焼いてやる。腹ごしらえをしてから行くと言ってた呑気《のんき》な兄貴たちが来るまで心臓麻痺くらい起こすかもしれないが、なに、構うものか。天使のように愛くるしい美貌の胸の裡《うち》で燃える炎の色を、兄や母でさえ正しくは知るまい。

あいつ——私を裏切って、男のもとへなんか。

ハンドバッグから取り出した聴音器を耳に当て、コード付きのマイクをドアに向ける。

物音ひとつしない。

留守か。

帰ってきたとき自分を発見したきしあがどんな顔をするか——邪悪とも残忍ともつかない表情が、白い顔を染めた。

ドアを点検する。三カ所に髪の毛が貼《は》ってあった。剝《は》がさずにドアを開閉するくらい造作《ぞうさ》もない。

解錠装置のコード状の先端を鍵穴に差し込み、スイッチをオンにすると、二秒ほどで外れた。

そっとドアを押して内側へ入り、後ろ手に閉めた。殺風景な部屋だが、ベッドの他に窓際に小さなテーブルと机とが置かれていた。グレンダの右手はハンドバッグへ滑《すべ》り込んだ。

白いレースのカーテンはオーナーの趣味かもしれない。月光が洩れている。

椅子に人影が腰を下ろしていると気づいたのは、少し経《た》ってからである。

月光が人の形を取ったのかと思わせるほど美しい影であった。

ただし——男だ。

グレンダはテイザーガンを抜いた。

「何の用だね?」

冷ややかな声は、月の光が放ったかのような響きを持っていた。

「ひでえことしやがる。なにも、あそこまで」

と、新米刑事のひとりが吐き気をこらえて言った。

「身元不明にするためなんかじゃないな。ありゃ、憎くて憎くて仕方がなかったんだ」

と、もうひとりのややベテランがつぶやくように言った。

二人から少し離れた床の上には、粘土の彫像と、持ち主が並んで横たわっている。どちらも肩から上が液状になって床に広がっていた。ぐずぐずになるまで踏みつぶされたのだ。証拠は——戸口までつづく足跡。

「それにしても、何だい、この部屋は……」

と、新米《しんまい》が四方を見廻してから、爪先《つまさき》で床を蹴《け》った。新建材の表面がぺろりと剝《は》がれて、コンクリが剝《む》き出しになる。

「壁も天井も床も、家具もみいんな腐ってやがる——死んでるんだ」

「そのとおりさ」

と、ややベテランが同意した。

「こりゃ、殺されたばかりだな」

「あなたは——」

グレンダは途中で質問を呑《の》み込んだ。

わかっていた。この街の情報を事前に記憶した。そのときから、ずっと。

「ドクター・メフィスト——なぜ、ここに？」

「見たところ、部屋の主人《あるじ》ではなさそうだ」

と、白いケープの医師は言った。グレンダに向けた半顔は闇に溶けて昏《くら》く、窓辺《まどべ》の半顔は月光に白くかがやいていた。

「出て行くか、残るか、好きにしたまえ。残るなら、私と時を過ごすことになる」

「動かないで、ドクター」

と、グレンダは白い胸元へテイザーガンを突きつけた。

「女に銃を向けられたくはないが」

静かな声の持つ身の毛もよだつ意味を、グレンダはわかっていない。

「じきに兄たちが来るわ。そしたら、ゆっくりと話し合いましょう」

「その必要はあるまい」

ゆっくりと人型の月光が椅子から立ち上がる様《さま》に、グレンダは見惚れた。

われに返って叱咤《しった》した。

「おすわり。すわれと言ってるのよ！」

ドクター・メフィストに向かって。

タン！と圧搾《あっさく》空気の解放音が鳴った。五万ボルトの電流を射ち出す弾丸《たま》も、超小型バッテリーと放電極を内蔵した長さ一〇センチほどの矢にすぎない。

白い胸に命中してから滑り落ちる様は、ひどく空しかった。

グレンダは眼を見張った。魔界医師と呼ばれる男が、この程度のことで、退《しりぞ》くはずがないのは承知の上であった。だが、現実に五万ボルトの高圧電流を全身に通され、なおも歩みを止めぬ美しい姿を目の当《ま》たりにすれば、やはり、驚愕を禁じ得ない。その不死身ぶりに——そして、何よりもその美しさに。

「来ないで……」

と口を突いたのは、白い医師が眼の前に立って見下ろしたときだ。

「来たら——大きな声を……」

その鼻先に拳が突き出された。指が開いた。思わず触《さわ》りたくなるような掌《てのひら》に、銀色に光る粒が載《の》っていた。細い針金で出来た蜘蛛《くも》だと理解しても、グレンダにはわけがわからなかった。

人差し指を残して、他の指が握られた。すると、蜘蛛は意志あるもののごとく動いて、指先に乗り、次の瞬間、グレンダの口許へと飛び移ったのである。

払い落とそうと右手が動いたとき、二枚の唇に貫くような痛みを覚えて、グレンダは硬直した。

「きれいな声を出す」

と、メフィストは誉《ほ》めているのか呪っているのかわからない冷厳たる口調で言った。

「理由《いわれ》なく私に武器を向けた代償として、その声をもらおう。男を籠絡《ろうらく》するのなら、その美貌だけで充分だ」

「まさか――あなた、私の声を!?」

叫んで口に手を当てた。安堵が全身を震《ふる》わせた。唇は動き、声も聞こえる。

「ミスったのね、〈魔界医師〉」

叫んでもう一度、テイザーを構えた耳に、階段を上がってくる足音が聞こえた。複数だ。

歓喜と自信の表情が、動揺に変わるまで時間はかからなかった。

その足音が、自分の知っているものではないと悟った刹那《せつな》、グレンダは医師を押しのけ――空気のように抵抗はなかった――窓辺へと走った。

一等星のごときらめくガラス片を友に、空中での解放に身を躍《おど》らせたとき、なぜか、名残りを惜《お》しむような気が胸の中に残った。


三人ほど連れて駆け込んできたのは、クリーム色の若者――酢漿草《かたばみ》直人であった。

「すまねえ、ドクター、このとおりだ」

と、彼は頭を下げた。

「わざわざ、急患だから、直々《じきじき》に診《み》てやってくれ、できたら、その女性《ひと》の部屋で頼むなんて、勝手なこと言っときながら、当人に逃げられちまっちゃあ話にもならねえ。勘弁《かんべん》してくれ」

地獄へ行っても閻魔《えんま》大王にさえ頭を下げぬといわれるボスが、平身低頭している様に、しかし、居ならぶ配下は軽蔑《けいべつ》も怒りも感じていないようであった。わかっているのだ。

この医師に限ってやむを得ない、と。

大久保のナイト・レストランで出会った女が、刺客に襲われた彼を、間一髪、襟首《えりくび》をひっ摑んで銃火から外し、あまつさえ、重傷を与えたものの、生命だけは取らずに二人とも捕らえた。ただし、制止にも構わず発砲した女殺し屋を射ち倒した際、女も負傷した。テロリストの弾丸が脇腹に命中したのである。

「生命の恩人だ。早速、病院へ連れてくと言ったんだが、どうしてもいやだとOKしねえ。警察へ連絡されたくねえんだとピンときたから、じゃあ、好きなところへ、最高の名医を呼んでやると、つい言っちまったのさ。そしたら、ここがいいと言う。で、あんたに連絡を取って、いざ、となったら、もういねえ。なんせ、子分どもがみな負傷しちまってな。電話をかけてる間、その女を見てる奴がいなかったんだ」

「名前を訊いたかね？」

「いや。だが、絶対に見つけるぜ。それであらためてあんたに治療してもらうんだ。借りは返さねえとな」

「それだけか？」

「なに？」

答えず、メフィストは立ち上がった。そして、いつもどおりの素っけない台詞《せりょ》を口にした。

「私は失礼する。いずれ、また」

「なんて、ドジなの。飯なんか食いにのこのこ入ったレストランで、他人の争いに巻き込まれ、おまけに負傷するなんて」

だいぶ遅れて帰ってきた二人の兄の遅刻の理由を聞き、グレンダは思いっきり自分を解放した。二人は無視している。

「これで、あの人捜し屋さんを始末《しまつ》するわけにはいかなくなったわね」

肘掛け椅子に腰を下ろして、レース編《あ》みにふけっているのは、ウィッチ——彼らの母である。

「一応、六丁目のホテルを教えてもらった時点で、契約切れは伝えてあるけど、早いところ続行しないとね」

ここで、溜息《ためいき》をついて、

「要求される金額は、大きくなりそうね」

「なに、ちょっくら締《し》め上げてやりゃあいいのさ」

床の上にひっくり返った大男——ポーキーが呻《うめ》くように言った。左膝には包帯が巻かれている。負傷した現場近くの医者を叩き起こして手当てさせたものだ。

「それほど単純にいく相手でもなさそうだ」

ぽつりと言ったのは、壁にもたれて、コーヒーカップを手にした長身のハンサムだ。兄のダンカンである。夜だというのにサングラスをかけている。三人が、さっきから自分の発言――どころか、こっちを見もしないのに、グレンダは腹を立てた。

「ちょっと、何とか言ったらどう?」

「必ずしも、ついてないばかりじゃあなかったぜ」

と、ポーキーが言った。

「どういうことよ?」

「レストランの前で、射たれて、応急処置をしていたら、きしあが出てきた」

「何ですって!?」

「本当だ」

と、ダンカンが裏付けした。

「他の客と一緒だったし、ポーキーの手当てもあるんで、咄嗟《とっさ》に手は出なかったが、お互いに一発で気づいた。きしあのほうも、たちまち、いなくなっちまったがな」

「――それで、部屋へ戻らなかったのね」

グレンダはようやく納得した。

「それに、すぐ、きしあを追っかけてスーツ姿の二枚目が出てきたぜ。いや、きしあとは言わなかったが、あの様子じゃあ間違いねえ。奴の線から追いかけることもできる」

標的を眼の前にしながら見逃さねばならなかった自らへの憎しみが、ポーキーの声と両眼を昏くしていた。

「とにかく、早急にあの黒ずくめのハンサム・ボーイに連絡をとってみるわ」

母の言葉に恍惚とした響きを聞き取って、グレンダはついに爆発した。

「いい加減にしてよ、母さんまで、そんなことじゃ、そのうち、取り返しのつかないミスをしでかすわよ！」

自分の方を見ようともしない三人に、グレンダの怒りは急速に冷えていった。代わりに湧《わ》き上がってきたのは――

母がようやくこっちを向いて、

「ところで、おまえ、帰ってきてからひとこともしゃべらないけれど――何かあったのかい？」

「――そんな。馬鹿なこと言わないで。あたしは、さっきから、ちゃあんと――」

男たちの顔がこっちを向いた。グレンダはようやく気がつき、狂気のように洗面所へと走った。

唇が動き、声も出る――自分ではそう感じたのに、いま、鏡の中で恐怖の相を浮かべている美女の唇は、彼女自身も判別できぬ鋼の糸で固く縫《ぬ》いつけられているのだった。

2

「頼むね、涼《りよう》ちゃん」

店先を出かかっていた娘は振り向いて、声の主に、

「はい」

と言った。相手は主人だ。使用人としては、距離を置いた声を出さなくてはならない。――いつもこう自戒はしても、この主人は特別だった。

女性アルバイト募集
年齢不問
職種　煎餅《せんべい》の販売
給与、待遇は相談に応ず

靖国《やすくに》通りに面した第一勧銀の伝言板でこのチラシを見たときは、心臓自体がパンチになって胸郭《きょうかく》を叩《たた》きつけたような気がしたものだ。

その足で駆け出し、気を変えてタクシーを拾った。半年も求職中の二十歳《はたち》の娘にしては大奮発だった。

十時の開店一時間前に到着し、他に誰もいないと知ったときの昂揚感《こうようかん》、五分としないうちに黒い蛇みたいな人の列が、通りの端まで達するのを見て、安堵と優越感の他に怖れさえ感じたものだ。

やがて、シャッターが開いて、主人が顔を出した。――何も覚えていない。

次の記憶は、店頭での面接だ。これも声だけが、光る霧の中を漂っているばかりだ。

――名前は？

「篠田《しのだ》涼子《りょうこ》」

――住所は？

「新宿区信濃《しなの》町四の×の×　小室《こむろ》マンション一〇一」

――趣味は？

「音楽観賞とカラオケ」

――煎餅を焼いたことは？

「毎日でも食べられ――いえ、ありません」

――店頭販売の経験は？

「あ、あ、あります。十年選手です」


三日後、アパートに採用の電話がかかってきたときも、気がつくとベッドに腰をかけて、空中の一点を眺めていた。時計を見ると、二時間はそうしていたことになる。

それから、ひと月。いったい、何十人の客に悪態をつかれ、バイトの交替を要求されたことだろう。女の子ならわかるが、熊みたいな大男や、女より色っぽいニューハーフまで含まれていたとは。

無理もない。あの美貌だ。あまり店頭へ出ないのもわかる。たちまち、あたり一帯黒山の人だかりで、交通渋滞は目に見えている。

副業に人捜し屋をしているというけれど、あの人がTVの「尋《たず》ね人アワー」に出て呼びかければ、五分としないうちに、一〇〇〇人の殺し屋に生命を狙《ねら》われていたって、目指す相手が駆けつけてくるんじゃないかしら。

性格はよくわからない。厚焼きなんかを火箸《ひばし》でつまんで、電熱器に載《の》せた大きな餅網《もちあみ》に並べているところなんかを見ると、天下泰平《たいへい》、春うららといった風情《ふぜい》だが、時折り、ふっと、とても冷たい——どころか、こちらの背筋が凍《こお》りつくような眼をするときもある。そんなとき、涼子には、主人《あるじ》がじつは二人いるのではないかと思えるのだった。あんな美しい男が、涼子の知らない暗い一室で影法師のようなもうひとりの自分とひっそりと交替する。片方が出て行くとき、二人は握手をするにちがいない。——見つめ合う二人の主人《あるじ》の顔と姿を想像するだけで、涼子は恍惚となった。

今日の仕事は、いわば規定外労働であった。内藤町《ないとうまち》の同業者へ、フロッピー・ディスクを一枚届けるのだ。タクシーを使ってもいいですかと訊《き》いたら、NO《ノー》だった。この辺は、春風駘蕩《しゅんぷうたいとう》男のくせにしわい。涼子はそれも好きだった。同業者に協力するんですかと尋ねると、ナンバー4《フォー》だからいいんだと答えた。2《ツー》と3《スリー》なら放っとくのかと思い、涼子はますます、この雇《やと》い主が好きになった。


「行ってきまあす」

と、ワインカラーのピーコート姿がガラス戸の向こうに消えると、せつらは店の外へ出て、「営業中」の札を「休業中」にひっくり返した。

三和土から座敷へ上がりかけ、人の気配に振り向くと、観光客らしいビデオ・カメラをぶら提《さ》げた若い女が三人、怨《うら》み骨髄《こつずい》といった眼で札と店内をためつすがめつしていた。いま、せつらを認めて、駆けつけたのだろう。

左端のひとりと眼が合った。真ん中の友人にへなへなともたれかかるのを尻目《しりめ》に、せつらは座敷へ入って障子《しょうじ》を閉めた。涼子が見たら、昼の光の中でさえ玲瓏《れいろう》たる美貌に、翳《かげ》のようなものを認めたかもしれない。

正午から一時間は昼休みである。

奥の間のさらに奥――「秋人捜しセンター」のオフィス六畳間へ入って、せつらは外出の仕度に取りかかった。昨日、発見した〈区外〉の小学生のもとへ、両親を連れて行かなくてはならない。家出の原因は受験勉強を強制しすぎた挙句《あげく》の、ストレスの暴発だ。

コートに腕を通す前に、壁に掛けたテレビをON《オン》にする。昼のニュースの時間だった。

大久保一丁目のナイト・レストラン「クライング・ガール」で銃撃戦があり、三人が死亡、四人が重軽傷を負《お》った。狙われたのは、「深夜興業」代表・酢漿草直人氏、二十六歳。襲撃した男女は目下、警察で身元を照会中。敵対する興業会社の雇った殺し屋と思われる。目撃者の証言によると、殺し屋二名を射ち倒して酢漿草氏を救ったのは、二十二、三歳の女性ということで、目下、捜索に当たっている。

「助かったかな」

と、せつらはつぶやいた。美貌の翳は消えていた。

三和土へ下りたとき、電話が鳴った。胸ポケットのハンディホンを手に取って名乗った。

「酢漿草ってもんだ」

焦《あせ》っているような響きが鼓膜を叩いた。普段はこの倍は重々しく、ゆっくりとしゃべるにちがいない。

「はじめまして」

「人を捜してほしいんだ。ニュースを見たかい？」

「はあ」

「なら話が早い。昨夜、おれを救ってくれた女の行方を捜してくれ。金は規定の三倍払う」

「お目にかかれますか？」

「いいとも。これから出向くよ」

「僕も出てしまいます。四時以降でご都合のいい時間と場所を指定してください」

相手のほうが心なしか和《なご》んだ。

「失礼だが、寝起きかい？」

「いえ」

「わかった。――四時にお宅へ伺《うかが》う」

「わかりました」

「頼むぜ。一刻を争う——そんな気がするんだ」

「——あの」

「何だい？」

「その女性について、少々」

「——そうか、引き受けてくれると思っていいんだな」

「いえ、その」

「年齢は二十一、二だ。髪は黒で肩まで。ゆるいウェーブだった。ブルーグレーのショートコートの下にグレーのタートル・ネックと黒いスラックス。靴は黒のローヒールだ。金の飾りがついてた」

「拳銃は？」

「使ったのはおれのブローニングだった。当人のは——見ていない」

「美人ですか？」

「ああ」

酢漿草の声に、不動の自信が重なった。加えて響きが透明であった。

「——わかりました。では、お待ちしております」

向こうが切ってから、せつらはリセット・スイッチを入れた。途中から割り込みが入ったのである。

「はい」

と言う前に、向こうが切った。

「失敬」

と詫《わ》びてから、せつらはハンディホンを戻し、すでに出ていたドアをそっと閉めた。

「あら、残念ねえ」

と、白髪の老婦人が豪華なマンションの一室で、古風な黄金の受話器を置き、椅子の肘にかけてあるレースの残りと編み棒を手に取った。手袋である。

ほとんど無意識のうちに手を動かしながら、うっとりとした表情で、

「また、会えると思ったのに。そうだわ、今夜にでもひとりで行ってしまいましょう。あんなにきれいな人が、こんなお婆ちゃんの依頼を、夢々断わったりはしないでしょうけれど、不幸にしてそうなった場合も、早目に片づくわ。でも、この街はちょっぴり怖いわ。伜《せがれ》たちの帰りを待ったほうがいいかしら」

不安そうな口ぶりとは無関係に、両手は精密機械の速さと精確さで編み物に励んでいる。すでに左手は出来上がり、残る右手も半分を残すのみ。それも、この老婆のスピードなら、あと一〇分もしないうちに完成するだろう。

だが、老婆は知らなかった。切るのをほんの一秒遅らせれば、秋せつらが出たということを。彼女の要求を、先約があると断わったことを。そうすれば、いま、内藤町へ向かった息子たちが余計なことをしでかす前に、用意周到な彼女は西新宿のせんべい屋を訪れ、何も知らぬせつらと

会うことができたということを。

そして、彼女は知らなかった。わずか一秒の時間が、彼女と子供たちを、想像だにしなかった奇怪幻妖《げんよう》な死闘の渦に巻き込んでいくことを。そして、相手が〈新宿〉そのものともいうべき美しい二人の男だということを。

そして、そして、二人の男たちが、じつは二人ではないということを。

3

「オフィス走馬」のプレートが貼られたドアの前で立ち止まり、涼子はチャイムを鳴らした。

少し間を置いて、

「何だい？」

と、インターフォンが訊いた。

「あの、相馬さん、いらっしゃいますか？」

「よし、入んな」

ロックが外れた。

ノブを廻しながらドアを押した。横合いから現われた手が手首を掴むや、涼子はあっという間に室内へ引きずり込まれていた。

床の上へ転がされた。

わけもわからず跳ね起きた顔の真ん中に、黒光りする銃身が突きつけられた。

奇妙な武器である。奇妙とは古すぎるという意味だ。レバー・アクションのウィンチェスターM73――西部開拓時代に活躍した武器だ。用心鉄を延長したレバーを起こせば、銃身下の筒《チューブ》弾《・マ》倉《ガジン》内に装塡《そうてん》された弾丸が次々に薬室へ送られ、速射が利《き》く。携帯用の自動小銃がなかった当時では、もっとも進んだ連発式ライフルであった。

だが、今どき、この〈新宿《まち》〉で。

「あ……あなたは？　……」

涼子は震え声で、ライフルを片手で持った大男を見つめた。

三つ揃《ぞろ》いの黒服に白いシャツ。ボウタイにテンガロン・ハットとくれば、まさしく西部劇――それも葬儀屋の服装だ。

「おめえこそ何者だい？」

と、男が訊いた。

「ただのお使いです。……ここの人に渡すものがあって」

「へえ、何だい？」

男の眼が床の上のハンドバッグに吸いついた。反射的に涼子はそれを手許へ引いた。それはさらに引っ張られ、涼子の手から離れた。

後ろに立つ男女に涼子はやっと気づいた。

明るい茶のツイード・ジャケットに同色のトレンチを引っかけた長身痩軀《そうく》の男である。ゆるめ

て結んだピンクのネクタイが端整だが酷薄な風貌を引き立てている。

女は清楚のひとことがふさわしい顔立ちなのに、涼子を見下ろす眼には一片のあたたかみもなかった。真紅のスーツの鮮明さが、涼子を怯《おび》えさせた。

バッグを奪ったのは女のほうであった。素早く中味を点検し、フロッピーをつまんでから放り出す。

こぼれた口紅《き》が、涼子の前に転がった。

女は一歩退がると、自分のバッグから大きな財布ほどのサイズのハンディ・パソコンを取り出し、モニター部を起こし、スプリットにフロッピーを挿入した。しなやかな指がキイを叩くと、女は画面を見てツイード・ジャケットの男にうなずいた。声を放ったのは男のほうであった。

「人物照会のリストだな。君は、ひょっとして、別の人捜し屋のところから？」

黙っていると、口許に銃口が突きつけられた。

「そう……よ」

と言った。

「そうですだろう？」

と、大男が恫喝《どうかつ》した。

「そう……です」

「ひょっとして、秋せつらかい？」

大男の質問である。

「……そうです」

「こいつは面白《おもしれ》え」

と、大男が銃身で涼子の頬をこすった。

「この前行ったときは会えなかったな。姐《ねえ》ちゃん」

「私……ただのバイトなんです。おせんべい屋のほうの……」

「それが余計な仕事をさせられたばっかりに――ってわけか」

大男は声もなく笑いながら、真紅の女を見つめた。

「おめえ、よくよくデートの相手と巡り合えねえ星の下に生まれたんだな。人捜し屋ナンバー4《フォー》の代わりに、ナンバー1《ワン》のとこのバイトかよ」

この三人組が、雇い主――せつらと会ったことがある人間だと知って、涼子がかすかな安堵を感じたのは、ほんの一瞬のことである。人捜し屋と呼ぶ口調、ナンバー幾つの言い方に、嘲《あざ》けるような、殺意のようなものさえ感じて、彼女は血の一滴まで凍りついた。この三人はせつらの敵だ。それも永遠に相容《あいい》れない宿敵なのだ。

女はじろと大男を睨みつけたきり、何も言わなかった。

「余計なお世話よ」

くらいは言いかねないタイプなのに、その沈黙は強制されているみたいな不自然さを、涼子に感じさせた。

大男が長身の男へ、

「どうする？」

と訊いた。涼子のことだろう。

「黙って返す手はねえぜ」

と、大男がウィンチェスターの銃身を、涼子の胸のふくらみへ移動させながら言った。

「どうせ、あいつだって、いずれは、よ」

声は急速にしぼんだ。

長身の男が、一瞥《いちべつ》したのである。それだけで、大男の眼は怯えの色を刷《は》いた。

「返したほうが無難かな」

と、長身の男が言った。

「――秋せつらがどれほどの腕利きか知らんが、この〈新宿《まち》〉でナンバー1と言われる男だ。生《なま》半可《はんか》な人間のはずがない」

女と大男は無言のまま、涼子を見つめている。涼子は全身の感覚が喪失するような気がした。

急に女が近づいて、涼子の腕を取った。

そのままドアの方へ導く。涼子は救われたような気分になって歩き出した。背中に刃《やいば》が押し当てられているような気分だった。早く、一刻も早くここを出なくては、いつ、刺し貫かれるかわからない。

女の方を向いて、手を出した。

「返してください」

女の表情が消え、すぐに微笑が取って替わった。

「しっかり者ね、あなた」

そう言っているふうだった。

受け取ったフロッピーをバッグに収め、涼子はドアへと向かった。

「待て」

と、鉄のような声がした。

女が顔色を変えた。

「ポーキーが余計なことさえ口走らなければな」

と、男は女――妹の方を向いた。

「おまえの言うとおり、秋せつらは只者《ただもの》じゃああるまい。おれたちの意思を知る前に片づけなくてはならん。――ポーキー」

「おお」

歓喜の声を上げて大男が近づく気配に、涼子は刃が胸まで通り抜けるような気がした。

四時十五分前にオフィスへ戻ると、白いロールスが店の前に停まっていた。

せつらを認めたか、三人の男が下りた。クリーム色のスーツを着こなしたハンサムが酢漿草直人だろう。あとのダークスーツは護衛にちがいない。

「はじめてお目にかかるが、いい男だねえ」

直人はあけすけな賛美を放った。

「どうも」

せつらは裏口からオフィスへ通した。直人はひとりで、尾《つ》いてきた。

「ガードはいいんですか？」

「必要ねえさ。一〇〇人いても、殺《や》られるときは殺られる。天命だよ」

「なら、なぜ連れて歩いてるんです？」

「見栄《みえ》だな」

せつらはうすく笑った。

直人は、湯気《ゆげ》の立つ煎茶《せんちゃ》を飲み、品川《しながわ》巻きと厚焼きを噛み砕《くだ》いた。

「どうかしたかい？」

と訊いた。

「いえ、いい音だなと思って」

「なるほどな。煎餅屋の店の前で煎餅を食う客はあんまりいねえか。——うまいぜ、これ。——こっちの厚いのは、少し落ちるがな」

「はあ」

落ちるほうが、せつらの焼いた分である。

「——で、どうだい、引き受けてもらえるんだろうな？　あんたは、相手がやくざでも差別はしねえと聞いてる」

「お引き受けします」

「ありがてえ」

直人は手を差し出した。満面に喜色が溢《あふ》れている。せつらが手を出さないでいると、自分から摑んで握った。

「料金は約束どおり三倍払う。無事に会わせてくれたら、ボーナスも出そう」

「規定どおりで結構です」

のんびり言ってから、せつらは滅多《めった》にしないことをやらかした。

「なぜ、そんなに？」

「生命の恩人」

と、直人はきっぱり口にした。

「おれを庇《かば》ってブローニングを構えた姿を見せてやりたかったよ。身体の芯まで痺《しび》れたぜ。あれが、この街の女だよ」

「――それだけですか？」

この質問が、昨日、白い医師の口からも放たれたことを、直人は忘れている。

彼はにやりと笑った。濁《にご》りのない、子供のような笑《え》みであった。遠い眼をして、

「きれいな女性《ひと》でな」

「わかりました」

と、せつらは答え、もう一度、それこそまるで口にした覚えのないことを言った。

「おまかせください、必ず見つけます」

昨夜の状況を事細かに話した上、部下に作成させたレポートと、似顔絵描きに描かせた似顔絵、さらにキャッシュ・カードを手渡して、直人は辞去した。カードには一億振り込まれているとのことであった。

「持って逃げようかな」

と、せつらがカードを手にぼんやりつぶやくと、

「よしなって。あんたもおれも骨の髄までこの街の人間さ。どこにも行けやしねえよ。同じ匂《にお》いがする。――これで、もう少し顔のほうも同じならいいのにな」

それから真顔になって、

「その一億で足《た》りなかったら、幾らでも言ってくれ。だが、忘れるな。――生きてる間に捜し出してくれよ、おれも、あの女性《ひと》も」

直人が出てドアを閉めると、すぐ、電話が鳴った。人捜し屋ナンバー4――走馬大作からだった。

夜は凍《い》てつく音を立てて更《ふ》けていった。

零《れい》時まであと数分というときになって、チャイムが鳴った。

三和土に下りて、せつらはドアを開けた。誰が来たかは、ドアの外に放ってある妖糸が告げて

いる。

「遅くにごめんなさいね」

闇が眼を醒《さ》ますような甲高《かんだか》い声は、夏柳家の母のものであった。

ミンクと思《おぼ》しい艶光《つやびか》るコートをまとって小さな身体を、せつらは六畳間へ通した。

出されたお茶をひと口飲み、婦人はせつらへ、

「何だか怖いわね」

と言った。

「そうですか」

せつらは相も変わらず茫洋《ぼうよう》とした口調である。

「妙な時間にいらっしゃいましたね」

と言った。

「へえ――何か？」

コートとマフラーを取った婦人は、リラックスしきっているように見えた。

「午前零時になると、この街のどこかにある大時計が鐘《かね》を鳴らします」

と、せつらは、窓の方に少し顔を向けて言った。

「どこかというのは、誰も音しか聴いたことがないからです。それでも鐘は鳴る。――十三回」

「十三回？」

老婦人は派手に驚いて見せた。大げさな、と思いながら、誰でも引き込まれそうな華《はな》やかさが

あった。見つめるせつらの眼も穏やかな光を湛《たた》えている。

「二四時間制を採用しているんじゃありません。——次の午前一時は一回だけです」

と、せつらはつづけた。

「零時と一時の間の存在していない時刻。——〈魔界都市〉だけの鐘が告げる時刻を、僕たちは〝ゼロ・アワー〟と呼んでいます」

「ゼロ・アワー——素敵な時間ね」

「そのとおりです」

と、せつらは小さく首肯《しゅこう》した。

「ただし、問題がひとつ——その時間は死ぬ人が異常に多いのです」

夏柳婦人は、湯呑み茶碗を口に当てたところだった。湯気がのぼっていく。おぼろにかすむ顔の中で、眼だけが光っていた。

ひと口飲んで、湯呑みを手にしたまま、

「また、調査をお願いしたいのよ」

と、婦人は切り出した。

「相手は前と同じ。昨日、子供たちが会いに行ったんだけど、按配《あんばい》が悪かったらしいわ」

「残念ながら、先約がありました」

せつらは淡々と言った。

「へえ。——失礼ですけど、どなた？」

「『深夜興業』という会社の代表です。酢漿草直人」

「あら、残念。——でも、もてるのね、あの娘《こ》」

「まったく」

夏柳婦人は炬燵《こたつ》の台の上に身を乗り出した。すがるような鼻声で、

「なんとか、考えていただけない？　どうしても、私たちがいちばんに会いたいのよ」

その声、その姿——誰もが同情し、どんな無理をしても、と決心せざるを得なくなるような、年老いた老婆の哀願であった。

「お子さんたちは、どちらに？」

「今日は会っていないわ。朝から彼女を捜しに出ていて、ね」

「夏柳きしあ——さん」

せつらは名前を口に乗せた。

「〈新宿〉の誰かに惚れて、あなた方一家のもとを飛び出した末娘さん、でしたね。——走馬のところでは見つかりませんでしたか？」

「あら」

と、老婦人はもとの位置に戻って、口許に手を当てた。

「やっぱり、ご存じだったのね。どうして？」

「奴《やっこ》さん、ナンバー4の割りには用心深くてね。訪問客をいちいちビデオに撮《と》っておくんです」

「あら、うちの子供たちなら、みんな調べたはずよ」

「部屋の外と中は」

老婆の顔が少しこわばった。

「戻られたら訊いてごらんなさい。奴のオフィスの前に、壊れたパーキング・メーターがありました。奴さん、そこにカメラを仕掛けておいたのです」

「でも、人捜し屋さんのところへなら、一日何人も押しかけ——ごめんなさい——依頼の方が見えるんじゃなくて？」

「なぜ、奴がナンバー４かご存じですか？」

「いいえェ」

「腕のせいじゃありません。仕事量が少ないからです。腕が悪くてお客がこないんじゃありません。人嫌いなんです」

「それで——人捜し屋を？」

夏柳婦人は眼を丸くした。

「そういう人間もいます」

「本当にねえ」

「奴のオフィスは自宅兼用です。そして、自宅の電話番号は誰にも知らせず、お客も呼びません。依頼は手紙で受けます。直接やって来るのは——歓迎しがたい相手だけです」

「それで会えなかったわけね。——お宅のバイトさん以外には」

老婦人が静かに微笑した。口は耳まで裂けたように見えた。

3章 〝技術町〟妖変

1

せつらは右手の糸を引いた。千分の一ミクロン——不可視のチタン鋼の糸は、すでにゆるく巻いておいた老婆に骨まで食い入る痛みを与えるはずであった。

奇妙な手応《ごた》えが伝わってきた。

老婆は、しかし、思ったとおりの形に身体をすぼめ、

「あら、痛いこと」

とつぶやいた。顔を歪《ゆが》めながら、

「でも、思ったとおりやさしい方ね。戦う相手を生け捕《と》りなんて考えないことよ」

奇妙な手応えが、はっきりと糸の切断を伝えてきた瞬間、せつらはもうひとすじの妖糸を老婆の首へと放った。やはり、殺すつもりはない。訊かねばならないことが多くあった。

老婆の手が首すじにあてがわれ、人差し指が曲がると、妖糸はそこでバイオリンの弦のように切断され、あらゆる束縛を失って舞い落ちた。老婆は白いレース編みの手袋をしていた。玄関で出会ったときはしていたが話し合いの途中で脱いだ。もう一度した以上、妖糸の攻撃を破ったのも、それと見ていいだろう。

老婆が一メートルも後ろへ跳びのきながら、右手を手裏剣打ちに振った。跳んだのは手袋であった。それは空中で五指を伸ばし、空気抵抗を減らしつつ、せつらの喉もとにぶつかった。

せつらの美貌がみるみる苦しげに歪んだ。手袋は美しい白い喉に五指を突き立て、凄まじい力で絞め上げたのである。

「〝オルラックの手袋〟よ」

みるみる紫色に変わるせつらを哀しげに見やりながら、老婆は自慢そうに言った。

「昔、ピーズリーというピアノ弾《ひ》きが、事故で両手首から先を失ってしまったの。悲しんだ彼は、八方手を尽くして、自分以上に天才的なピアニストの腕を付け換え、見事に再デビューを果たしたのだけれど、三日後に首を絞められて死んでいるのが発見されたのよ。両手首から先が消えているのを認めた人々がその場で犯人を突き止めながら、けっしてその名を口にしなかったのもわかるでしょう。ピーズリーが、あるピアニストを殺してその手を奪ったという噂は、以前から流れていた。その神業《かみわざ》に惚れ込んだある彫刻家が彼の生前、石膏《せっこう》で型取りをしておいたものが、ウィーンの安酒場に残っていたのを、私が手に入れ、そのための手袋をこしらえたの」

怨みを呑んで死んだピアニストの呪いは、今なお生きているのだろうか。そのために編まれた手袋をさえ、魔性の武器とするほどに。それは、せつらの妖糸すら切断し、触れるものすべてを絞殺《こうさつ》してしまう。

「あなたには、いずれ死んでもらうつもりだったのよ」

老婦人は、すでに座椅子の背にもたれてがっくりと首をのけ反らせたせつらに近づき、手袋を取ろうとした。

「私の子供たち相手では、女の子も相当ひどいことをされたでしょうけれど、あなたが行けば気も晴れるわ。彼岸《ひがん》で仲よくお暮らしなさい」

せつらに背を向け、玄関の方へ歩き出そうとしたとき、足下に何かが落ちた。

何気なく見下ろした老婆の品のよい顔が、悪意の驚愕に歪んだ。それは手袋の人差し指であった。振り向いた拍子に、残る四本もぽろぽろと雪片のごとく舞い、手袋自体も上下左右に寸断されて後を追ったのである。

老婦人の見守る前で、せつらの首がゆっくりと起き上がってきた。

「絞めるのには馴《な》れていても、切られるのははじめてらしいね」

首すじを揉《も》む美しいその顔へ、もう片方の手袋が跳んだが、それは空中で数片の布切れに変わった。

炬燵《こたつ》を跳び越えて玄関へ下りようとする小さな身体が、情け容赦もない力で引き戻されるや、畳に転がった。老婆は喉を掻《か》きむしった。その皺《しわ》首の周《まわ》りから赤い点が噴《ふ》き出し、じき、朱色の一線となった。


「篠田くんは犯された上に、腹を裂かれていた」

座椅子にもたれかかったまま、せつらは静かに言った。声の調子とは裏腹に、春の宵《よい》に浮かれた若旦那《だんな》みたいな表情をしていた。そして、つづける。

「見つけたのは、大挙して押しかけた借金取りだった。あなたの子供たちは気がついて逃げ出した。さすがは〈新宿〉の住人、警察の前に、走馬の行きつけの飲み屋へ連絡し、彼に口説かれていたらしいそのうちの一軒のホステスが、極秘の電話番号を知っていた。僕は九時前に戻って、あなた方からの連絡を待っていたのさ」

その間に、どんな精神《こころ》を抱いて。娘を行かせたのは、せつらなのだった。

「なぜ、僕を操《あやつ》るのに利用しようと、考えなかったの？　なぜ、ひと思いに殺してやらなかったの？　なぜ、お腹を裂いて、中味を床に並べる必要があったの？　その間、なぜ、彼女を生かしておいたんだ？」

老婦人の首から胸元《むなもと》までは、ぐっしょりと濡れていた。

「あの子たちは、そういう子なのですよ」

紫色の唇がか細い声を絞り出した。聴いたものすべての胸が打ちふさがれるような響き。

「ああ、育て方を間違えてしまったのかもしれないわねえ。みんな、私のせいですわ。もしも、できるなら、一から躾《しつけ》し直してやりたい。ねえ、あなた、こんな美しい顔をして、私のような老い先短いお婆さんの首を斬《き》ろうなんて思いはしないでしょうねえ。お願い、黙って行かせてくださらないこと。あの子たちに、これ以上の悪事を働かせないためにも」

どこにこんな虫のいい話があるものかと思わせる内容だが、せつらの眼には、なんと、感動の色がある。聴くもの全員の胸を打ち、限りない同情を湧き起こさずにはおかないウィッチの哀訴であった。かつて、某国の絞首台に昇り、首にロープまで巻かれながら、延々三〇分もの慟哭《どうこく》混じりの訴えの挙句、ついに執行人たちに足底の蓋《ふた》を開かせなかった事実を、せつらは知っているだろうか。

「殺戮集団《ファミリー》『緋《ひ》の天使』を束《たば》ねる母親ウィッチこと、夏柳志保《しほ》――お見事だ」

と、秋せつらは穏やかな声で言った。

「長男ダンカンこと夏柳竜之介、三男ポーキーこと夏柳三十郎、そして、長女グレンダこと夏柳あおい――彼らも後を追わなくてはならない。常世《とこよ》の国があるのなら、そこで篠田さんに詫《わ》びなくちゃならない。それには、彼女と同じ、苦しみ苦しみ抜いた死を迎える必要がある。ううん、こんな目に遭《あ》わされる必要がなかった篠田さんの気持ちと、あなたたちは報いを受けるにすぎないということを考えれば、あなた方の死は、もっと残酷で苦しいものでなくちゃならないよ」

せつらは何も変わっていない。口調も表情も茫洋たるものだ。だからこそ恐ろしい。だからこそ、この若者は美しくかがやくのだ。

自分の哀訴が伝わらないと知った驚愕か、老婦人は茫然とせつらを見つめていたが、このとき、すでに出血多量でかすみつつある両眼を、かっと剝《む》き出させる事態が生じた。

眼前の若者の前髪が滑って、顔を隠したのだ。同時に――変わった。姿形はそのまま、中味だけが。

遠く――地の果てよりももっと遠くで鐘の音が鳴った。

ひとつ、ふたつ、みっつ……

「お願い……帰らせて」

両手を揉《も》み合わせて、老婦人は哀願した。

「僕ならそうしてあげてもよかった」

と、せつらは言った。美貌は烏羽玉《うばたま》の黒髪に隠れて見えなかった。

「でも、今はゼロ・アワー――死者が生まれる時刻《とき》だ」

彼は髪を上げた。前と同じ顔――天与の美貌が現われ、そして、それは同じ顔ではなかった。

真実を知って凍りつく哀れな恐るべき老婆へ、せつらはこう宣言したのである。夜の声で。

「それに――おまえは私に会った」


そのさらに深更――オフィス走馬とは別の、それぞれの仕事を終えてアジトの賃貸マンションへ戻った〝子供たち〟は、豪華な居間のテーブルの上から、彼らを見つめる母親の生首を発見した。

彼らはすぐに首を調べた。そして、その地獄の苦悶《くもん》をまざまざと留《とど》めた表情と、おびただしい筋――斬線が残る肉と骨の斬り口から、年老いた母親の首が一寸刻み五分刻みにされたこと、そして、奇怪な武器が生首を斬り落とすまで、彼女の意識のあったことを確認したのである。

これは挑戦だと、三人は即座に確認した。犯人もわかった。昨日の昼、いたいけな娘を同じような目に遭わせたからだ。

「これから、お返しにいくか？」

と、ウィンチェスターを撫《な》で廻したのは、ポーキー――三十郎である。

「おふくろを、こんな目に遭わせた奴のところへのこのこと？　手ぐすね引いて待っているわよ」

と、グレンダ――あおいが異を唱《とな》える。唱えたが、もちろん、兄貴二人には聞こえない。それでも、激情を清純の仮面で隠したこの娘は、しゃべらずにはいられないのだった。

「だいたい、この部屋で私たちを待ち構えて不意を衝《つ》いたってよかったのよ。それをしなかったのは――」

「死の恐怖を味わえ、か」

ダンカンこと夏柳竜之介が、母の首をためつすがめつしながら言った。

「その辺の気分は各自で味わうことにして、とりあえず、ふたりとひとりに分かれよう。秋せつらにひとり――きしあにふたり」

異議は出なかった。

ああ、この期に及んで、せつらより、きしあのほうを手強いと見るのか、この兄妹は。

「私はどっち？」

「おれは？」

そして、ダンカンは指示を下した。

彼らがせつらだけを残して、後の人捜し屋や探偵を殺し廻ったのは、きしあが彼らのところへ行くと面倒だったからだ。だが、そのナンバー1が、ここまで厄介《やっかい》の種になるとは。

その後で、彼は手にした首を持ち上げ、

「見ていてくれ、母さん――必ず仇《あだ》は討つ」

どことなくわざとらしい口調で言うと、

「さよなら、あなたはうるさかったよ」

母親の首をドア脇の屑籠《くずかご》へ放り込んでしまった。

2

翌日から、敵にとっても味方にとっても探索の日々がはじまった。

常識的かつ古典的な頭で判断すれば、いかに広いとはいえ、所詮《しょせん》は東京のもと一区にすぎない。人捜しに関連する狼のようなプロたち――人捜し屋、情報屋、私立探偵ｅｔｃ、ｅｔｃ――を駆使すれば、時間はかかるが人ひとり、居場所を突き止められないはずはない。

誰もがそう思う。

たかが、一区ではないか、と。

だが、この街は生きている。他の街が〝生きている〟というやや観念的な意味とは違って、より生物的に生きている。

たとえば、〝さまよう町〟。

目撃されはじめたのは、〈魔震〉のすぐ後――一〇日ほどしてから、目撃者は瓦礫《がれき》の堆積《たいせき》と化した市谷本村町《いちがやもとむらちょう》――陸上自衛隊市谷駐屯地で救出作業に当たっていた自衛隊員たちであった。

見事に均等になめされ、なおもあちこちから黒煙の立ち昇っている廃墟の北――市谷加賀町《かがちょう》方面に、彼らは何の被害も変化も受けていない――今の今まで何度もそっちを向いたが、けっして眼に止まらなかった、整然たる町並みを見たのである。

ひとりではない。目撃者の叫びに応じて指さす方を向いた作業員や通行人や警官――一〇〇人以上が目撃したのである。

「あれは加賀町の町並みだ」

と誰かが叫ぶや、たちまち、賛同の声が上がった。

ビルや平屋、二階屋の商店や工場――それらは生き生きと、無情な陽光の下に建ち並び、死と破滅の運命に抗《あらが》っているように見えた。隊員の中には泣き出すものがいた。誰もがこれを異常な幻《まぼろし》だと知っていた。それでいながら、圧倒的に凄惨な現実の前にそびえ立つ反抗の夢を目の当たりにすると、涙を流さずにはいられないのだった。

どこからともなく歓声が上がった。それは夢と幻に対する感謝のしるしだった。

そして、感涙滂沱《ぼうだ》と見つめる人々の前から、やがて町は消えた。後には夕映《ば》えだけが残った。

この幻の加賀町は、以後、点々と場所を変えては人々の前に姿を現わし、ついに奇妙な副産物を生むに到る。現実の人々が町に住みはじめたのだ。

最初は、その町の中に、死んだはずの家族や友人が生きているのではないかと、もと住民が騒ぎ出した。そういえば、幻の街路には確かに車が走り、通行人の姿も仄《ほの》見えた。

人々の疑惑は、死んだものの幻影の居住地から、現実に生き残ったものが生活しているのではないかという希望と期待に変わり、町が現われるたびに、何人もの人々がそれを求めて歩み去った。見送ったものたちは、彼らが二度と戻らなかったことを成功の証《あかし》と見なし、町並みの中にその姿を求めたが、今日まで見つかったものはない。

　こんな町へ入り込んだ人間を、いかな有名な人捜し屋といえども発見することができるか？

──否、と言うしかない。

　或《あ》るいは──〝レミング区民〟。

　年に一度、晩夏の頃に限って、〈区民〉約三〇〇名ほどが家を出、あてもない行進をつづける。行く手の商店や個人の家にも、ことごとく上がり込み、食事をし、ゲームを楽しみ、ストリップを見物し、また行進をつづける。料金もいっさい払わず、三日三晩ひたすら歩くばかりの行進を誰も止めず、損害賠償も請求しないのは、三〇〇人の末路を知っているからだ。

　四日目の朝、彼らは突如《とつじょ》、目的地を発見した動物のように嬉々《きき》として足並みを揃え、黙々と「亀裂」へと向かう。

　当然、柵の前には警官隊や家族が陣取り、行進の中止を要請するが、彼らは構わず柵を乗り越え、怖れ気もなく、果てしない暗黒の奈落《ならく》へ身を投じるのである。

　警官は止めた。家族も友人も力ずくで止めた。だが、やがて、やらなくなった。押し倒し、のしかかって車に乗せた人々は、家や病院へ到着する前に、残らず狂い死にしてしまうからである。

　何年かごとに、突如、同じような行進を開始し、しまいに海へと入り込んで全匹溺死《できし》してしまう小動物にちなんで〝レミング区民〟と名づけられた彼らが、なぜ、このような行動を取るのか、いまだに解明はされていない。

もしも、その中に、捜し求める人がいるとしたら――再会も発見も二度とはなされまい。秋せつらが、今日も縁もゆかりもない人々を求めてさまよう街は、こんな場所なのであった。

で、せつらは早朝から家を出た。

目的地は太った女情報屋――外谷《とや》良子《よしこ》のオフィスである。

家を出る前から、見張られているのには気づいていた。それが尾行に変わった。

並みの頭を持っているなら、こう考えるだろう。

自分たちの鼻を明かすべく、せつらはあの女――きしあを捜し求めるにちがいない。なら、彼を尾行し、プロの技術を好きなだけ発揮させて、きしあを発見してから、二人まとめて片づけてやろう。

歩きながら、せつらは妖糸を放った。居場所まではわからないが、この辺だと勘がささやく。今まで外れた覚えはない。

手応えはなかった。通行人も妖物もいるが、どれもせつらとは別方向へ向かう連中で、しかも、糸の伝える歩き方、息づかい等々から、プロの殺し屋だとはとても思えない。それでいて、糸はこうも伝える。ここにいる、と。

このまま、外谷のところに出向くのは危険だと、せつらは判断した。彼ではなく、外谷がである。せつらに渡した情報をよこせと、開腹手術を行ないかねぬ連中だ。

で、ハンディホンを使った。

「こちら、外谷です、ぶう」

「こちらは誰でしょう？」

「いい年齢《とし》食らって、餓鬼《がき》の遊びはおよし」

と、外谷は怒ったような声で言った。

「尾《つ》けられてる。すまないけど、情報を教えてくれ」

「盗聴は大丈夫かい？」

「防止装置がついてる」

「わかったわ、ぶう。せっかく久しぶりに〝肥満汁粉〟でも食べにいこうと思ったのに。尾行してる奴を始末したら、あとであたしに引き渡しな。京王プラザの一〇階から飛び下《お》りてやるよ、ぶう」

どうやら、自分が下りるらしい。真下には尾行者が地面に張りつけられてるって寸法だろう。

「死んだほうがましだな」

ひっそりと本心を吐露《とろ》してから、せつらは、

「承知した、頼むよ」

と言った。

外谷が指示したのは、大京町《だいきょうちょう》の一角——四谷《よつや》第六小学校に隣接する通称「技術町」であった。タクシーを飛ばして一〇分で着いた。降りたとき、尾行者の気配は感じられなかったが、撒《ま》いたとは思えない。追尾は継続中だろう。

冬だというのに、どこかぬるいような、しみじみしない陽射《ひざ》しであった。

その下に並ぶ長屋《ながや》状の店々からは、小刻みなモーター音や重々しいプレスの圧搾《あっさく》音、リベットを打ち込む機関銃みたいな音に混じって、電子装置特有のピイピイと、頭にひびく音響もせわしない。

訪れたものたちは、むしろ、さまざまなサイズの間口から噴出する蒸気の迫力やまばゆい火花の奔流《ほんりゅう》、通りまで迸《ほとばし》る青白い電磁波やレーザー光に眼を奪われるにちがいない。一見して、下町の工場街のようだ。

しかし、ここで造られているのは、或いは修理されているのは、〈区外〉のような太平楽な――と言って悪ければ、無害な品物ではない。平凡な部品の製造もある。家庭電化製品の修理の仕事もある。

だが、昼と夜とを問わず、金属の屑と、流出する化学薬品のせいで不気味な色に変じたアスファルトの道をやって来る〝客〟たちは、どう見てもその筋の連中だし、乗用車やバン、時には四トン・トラックを連《つら》ね、もっと凄まじいのは大型の輸送ヘリで空中から降ろされる荷物は、その九九パーセントまでが〝兵器〟なのであった。

レーザー・ガンや、粒子ビーム銃、水圧銃といった〝手頃〟な武器がほとんどだが、あるものは壊れ、あるものは新品だ。そして、ほとんど一、二時間――長くても半日のうちに、不良品は修理され、新品はさらにグレード・アップして、持ち主のもとへ送り返される。

持ち主は〝その筋〟のものと言ったが、必ずしもそれには止《とど》まらず、警官の場合も、まっとうなガードマンのこともある。そして、この町のどこかの店で、司法と無法とが鉢合わせしても、不粋《ぶすい》な争いが生じることもない。彼らは、互いに相手を無視し、横目で睨み、時には世間話に興じさえしながら、黙々と〝引き渡し〟を待ちつづける。

警官は、五〇〇〇度の放射炎を一万度にまでパワー・アップさせた火炎放射器を担《かつ》いで帰る暴力団員を、黙って見送らなければならないし、たしかに射殺した警官が、電子メカを埋め込んだ〝フランケンシュタイン警官《コップ》〟として甦《よみがえ》った姿を見、蒼白になる殺し屋もいる。

それは、例えば、パキスタンとアフガニスタンとの国境に存在するダッラの町が、求めるものたちに差別なく銃器の修理と製造と販売とを行なうがごとき、〈魔界都市〝新宿〟〉のみに存在する不可解な自由市場なのであった。

黒衣の若者が通りを歩くと、眼つきの悪い、頬に傷を持つ男たちの視線までもが恍惚とその全身に絡みつく。

ガスバーナーで溶接作業を行なっていた工員が、見惚れたあまりに、自分の手を焼いてしまい、悲鳴を上げた。

せつらが足を止めたのは、少々風変わりな店の前であった。

モルタルの壁に、ペンキで、
電子医院
と書いてある。

ちょっと覗けば、看板に偽《いつわ》りなしというのがわかる。

テーブルやその間を走る通路に置かれた塊《かたまり》は、どれも精巧なエレクトロニクス装置ばかりだ。半ば壊れてチップや配線が剝き出しのものもあれば、どこがおかしいのかわからない無傷のメカもある。――それらにテスターを当て、或いはミクロ電子鏡で走査していくジャンパー姿の男たちは、確かに電子部品という患者を診察する医者にちがいない。

せつらは出入口近くでコンピュータをチェックしていた工員に、楊《ヤン》博士に会いたいと申し込んだ。店員は不愛想な顔をしていたが、やさしかった。せつらだからかもしれない。

奥のドアを開けて消え、五分ほどして戻った。白衣の老人が一緒だった。小太りで頭がうすい。その分、頰も手も皮膚はつやつや――精力があり余っているようだ。

「何の用ですか？」

言葉に広東訛《カントンなま》りがあるのを、せつらは聞き逃さなかった。楊博士は中国人なのだ。

「あと一〇分ほどしたら、ある女性がここを訪れるはずです。黙って引き渡してもらえませんか？」

通常せつらはこんな頼み事はしない。こっそりと後を尾《つ》けて妖糸をふるう。ひと巻きで骨の髄《ずい》まで痺《しび》れる奴から、妖糸を切ろうと暴れる乱暴ものまで、せつらの辞書に〝正々堂々〟の文字はない。抵抗すれば、手足の一、二本どころか首まで落とす。三〇分以内ならメフィスト病院で蘇生《そせい》させるからだ。それなのに、一応、断わりを入れたのは、やはり、篠田涼子の死がこたえているのだろうか。

「女性？」

と、楊博士は首をかしげた。

「存じませんな」

当然だ。患者に関する秘守事項を医師は死んでも漏らさないのが筋だ。

「そこを何とか。あの女性《ひと》が暴れると、この街は取り返しのつかない事態に陥ってしまうかもしれません。ここは〝エレクトロニクス催眠師〟のお力がどうしても必要です。彼女に術をかけてから、僕に引き渡してください」

楊博士はうすく笑った。悪戯《いたずら》っぽい笑いだった。

「ご自分の手間を省《はぶ》こうというわけですかな？」

せつらは頭を掻《か》いた。図星を衝かれたのである。ここは、

「いえ、まあ」

くらいで逃げる手だ。曖昧《あいまい》は最高の謀略的手段である。彼は、

「ええ」

と言った。のほほんと、しかし、はっきりと。

楊博士の笑みが広がった。

「一から十まで変わった御方だ。それに、お美しい」

こう言った途端、博士の頬は薔薇《ばら》色に染まった。耐えに耐えていたらしい。

「治療の必要があると、ご当人を診《み》て判断するまでは、何も申し上げられませんが、できるだけ、ご意向に添うよう努力いたします」

「あ、どーも」

と、せつらは頭を下げた。

「それで——私のところへその方が見えると、どこでお知りになりました？」

「こーんな」

と、せつらは両手を腰のあたりで思いきり広げた。楊博士は納得した。

「あの太った情報屋さんですか。——一度、歌舞伎町《かぶきちょう》のバーでお目にかかったことがあります。印象的な女性でした」

「何かやらかしましたか？」

「いやがる不良少年たちを押さえつけ、もっとお飲みと、ウィスキーをラッパ呑《の》みさせておりましたが」

「悪い夢を見たと思ってお忘れください」

「そうします」

「では——いずれ」

せつらは、一礼して背を向けた。

外の陽に溶けていく黒衣を見送りながら、楊博士は、どうしてこうもたやすく、相手のペースにはまり込んでしまったのだろうかと考え、ほんの一瞬、昼でも月のかがやくような美貌を憶《おも》い出し、ま、いいかと納得した。

3

はたして、きしあは来た。

そして、「電子医院」に楊博士を訪ねた彼女は、通された診察室で、現在の状況を、記憶の一部欠損と告げてから、半分の頭髪をむしり取ったのである。

鬘《かつら》の下から現われた地肌を見ても、楊博士は眉ひとすじ動かさなかった。

頭頂部のやや下の皮膚は溶解し、銀色の光沢《こうたく》をのぞかせていた。きしあの肌の下は金属であった。そして、その部分は別の金属をあてがい溶融したかのように色が変わっていた。

「N9000ハーブライト鋼にもっと粗悪な合金をつけてある」

と、博士は色違いの部分を観察してから言った。

「結論は切開してから申し上げましょう。五分で済みます。おやりになりますか？」

きしあは承諾《しょうだく》した。言葉どおり、五分で手術は完了し、ベッドに横たわるきしあへ、

「大脳内にセットされた記憶強制器が、強力な熱線――たぶんレーザーでしょう――を浴びて機能停止に陥《おちい》ってしまったのです。同時にあなたは本来の記憶を回復した。といっても、強制器を埋め込む手術の際、多くの部分が失われていますから、今でも完全な回復は望めますまい。装置を除去しても、脳を傷つける恐れがある。申し訳ありません。私は機械の専門家ではありますが、人間の脳は扱えないのです。この忌《い》まわしい装置だけなら修理できるといえば、お怒りにな

るでしょうな」

「ええ、とっても」

と、きしあは微笑した。

「ひょっとしたら、そのほうがいいのかもしれませんわね。何も知らなくても人は生きていけますわ」

博士は眼を伏せて、

「ひとつだけお断わりしておきます」

と言った。

「おそらく、あなたが昨夜、私のところを予約したのを探り当てたのでしょう。世にも美しい探偵があなたを求めてまいりました」

「あら」

きしあの口許にうすい笑みが浮かんだ。どんな笑みかはわからない。

「外で待っているはずです。何ならガードをおつけしますが」

「それよりも、脳の専門家を教えていただきたいわ」

「〈新宿〉なら、どんな病《やま》いでもトップはメフィスト病院です。第二は――そう、中落合《なかおちあい》の大逆《だいぎやく》医院。ただし、院長は人格的な問題があると評判です」

「腕さえよければ」

「それは保証します。私の娘も手術を受けました」

「連絡先を教えていただけます？　それから、人目につかず、ここを出て行く方法を」

楊博士は、よろこんで、と一礼した。

一時間ほど休憩した後、きしあが導かれたのは、病院の奥にある倉庫の一角であった。

床の引戸を示して、

「ここを下りて、右へまっすぐ行けば、一〇分ほどで新しい梯子《はしご》が見えます。そこを上がると、町外《はず》れです」

と、楊博士は言った。

「下水道ですの？」

「いえ、妖物の通り道でした」

「それじゃあ、〈新宿〉じゅうに通じているんですの？」

きしあの問いを苦笑が受けた。

「いえ。——これ以外は落盤《らくばん》で」

きしあは微笑して、博士の手を握った。

「感謝しますわ、先生」

「また、おいでなさい——とは申し上げられませんな。あなたがどこへいらっしゃるのかは存じませんが、幸運を祈ります」

きしあは鉄梯子を伝って穴の底へ下りた。コンクリではない。床も天井も剝《む》き出しの土なのに、触れてみるとコンクリートのような硬さを持っていた。穿《うが》った妖物とやらは、少なくとも交通の便をよくしようという意欲は持っていたらしい。

底へ着いてからよく見ると、穴は三メートルもの直径があった。ほぼ真円に近い。底だけが平たいのは、過去の利用者が踏み固めたものだろう。

左右の壁の窪《くぼ》みに電子灯が置かれて、採光《さいこう》は充分だ。

楊博士の言葉どおり、約一〇分で前方に梯子らしきものが見えてきた。

ほっと足を速めたとき、きしあの鼓膜《こまく》に一種の破壊音が届いた。

土を掻《か》く音だ、と直感した瞬間、きしあの右横の壁が、爆発でもしたみたいに四散し、飛び散る土砂《どしゃ》の衝撃がきしあを反対側に叩きつけた。

ほんの一瞬で立ち上がったきしあの眼前で、巨大なミットのような物体が蠢《うごめ》いた。

その背後――、こぼれる土砂の向こうの穴の奥に、青白く光る拳大の眼と突き出た鼻先と裂けた口を認めた瞬間、きしあはその正体を知った。

モグラだ。

途方もない――手や顔のサイズからして全長六、七メートルは下らない巨大モグラが、自ら築いた通路へ舞い戻ったのだ。

無気味な顔がこちらを見据《す》える前に、きしあは梯子へと走った。

二〇メートルほどの距離を一気に走り、梯子を摑んだとき、背後に迫り来る音を聞いた。せわしない息つぎがそれに混じる。

構わず昇った。

半ばで振り向いた。

視界を荒れ狂う顔と手とが埋めた。

並みの人間なら発狂しそうな死の光景が、一〇メートル彼方《かなた》のものだと判断する余裕がきしあにはあった。

左手の人差し指にはめた指輪を怪物の頭部へ向ける。

基台に内蔵されたレーザー・ビーム出力装置はローパワーだが、生身の生物ならダウンさせるくらいはできる。

真紅《しんく》の糸が繊指《せんし》と醜悪《しゅうあく》な物体とをつないだ。

ぎい、とのけ反る怪物がのたうち、四方の土砂を掻き落とす間に、きしあは軽《かろ》やかな、落ち着いた足取りで梯子を昇り切っていた。

天井の蓋《ふた》をあっさりと片手で跳ねとばす。厚さ五ミリの鉄板の重さは、五、六〇キロではきくまい。

転がるように穴から脱出し、起き上がったとき、工場跡と思《おぼ》しい室内の三メートルほど前方で、

「こんにちは」

と、美しい人影が頭を下げた。

秋せつらであった。

いま体験したばかりの恐怖も忘れて、

「あなた——どうして？」

と尋ねるきしあの声には、驚きと——恍惚《こうこつ》の響きがあった。楊博士と対面したせつらが、別れ際、家の周囲に数十本の糸を放っておいたとは、彼女にはわからない。まして、眼には見えぬ不可視のそれが、知らぬ間にまとわりつき、彼女の移動速度から、性別、心搏数《しんぱく》、息づかいまでを、使い手たるせつらに伝えるなどとは夢にも思わなかったろう。

「ま、何となく」

と、せつらは応じて、

「地下の通路があるとは聞いてたけど、そうか、ここへ出て来るのか」

と、あらためて四方を見廻した。

破れた天井と窓から陽光が白々と射《さ》し込み、光と影の描く細密画をこの若者の美貌に捧《ささ》げた。

「どんな御用？」

「事情が変わりまして——依頼をお受けします。よろしかったら」

「ごめんなさい。——もう、別の方に頼んでしまったわ。走馬さんに」

「あれはボンクラです」

せつらはぬけぬけと言った。

「必要なのは一番です。以下はカスと同じ。まして四番など出がらしの番茶ですね」

「はっきり言うのね、ナンバー1さん」

きしあに増上慢《ぞうじょうまん》をとがめる口調はない。あんまりはっきり口にするのと、本人が春風に吹かれてるみたいに茫《ぼう》としているものだから、悪意を感じさせないのである。

「生き馬の眼を抜く仕事でして」

きしあは、のんびりした美貌をじっと見つめていたが、ふと、

「哀しいことがあったようね」

と言った。

「そうですか」

「そんな眼をしているわ。何度も見てきたのよ、私」

「――で、依頼のほうは？」

「お願いするわ。走馬さんにはお断わりしておきます」

「賢明なご判断です」

せつらがくらーっとうなずいたとき、大地が鳴動した。

分厚いコンクリートの床がみるみるめくれ上がり、その下の異形《いぎょう》の顔を露《あら》わにした。

「モグラですか」

「そうよ」

「退《さ》がって」

せつらがこう言ったとき、戸口から真紅の光条が三すじ迸《ほとばし》って巨大モグラの顔と胸とを貫《つらぬ》いた。

耳を覆《おお》いたくなるような悲鳴と、吐き気を催《もよお》す臭いとを残して、怪生物は悶死《もんし》した。

すでに、せつらは、視線をレーザーを発射した方へ向けている。

戸口に立っているのは、じつに奇怪なものであった。

銀色のボディにまといつく着色コードの束。六本の腕の付け根に、これはセンサーらしいメカが載《の》り、緑色の光が点滅を繰り返している。

円筒形をした胴の下はキャタピラーつきの戦車型ボディで、こちらはオーソドックスな形を保っているから救われる。

「何かしら?」

センサーがこちらを向くのを見ながら、きしあが尋ねた。

「誰かが修理に出した環境探査メカです。ボディに熔接《ようせつ》の痕《あと》がある」

NASAと宇宙開発事業団が開発した、数多くの製品の中には、苛酷《かこく》な他惑星上で調査にあたる移動メカもあった。大出力のレーザー砲とミサイルを備え、酸性雨や磁気嵐《じきあらし》、三〇〇〇度の高熱にも耐えうる超合金性のボディを誇るこれらのうちの何台かは、ひっそりと外宇宙へ旅立っていったが、多くはその後の「大不況」の影響をもろに蒙《こうむ》り、或いは廃棄され、或いは民間へと流出していった。

いま、せつらときしあを見据える赤外線センサーの〝眼〟——こいつも、その中の一台なのだろうか。

「救けられたけれど、味方とは思えないわね」

きしあの言葉にせつらはうなずいた。

この台詞《せりふ》がぼんやりさえしていなければ、突き倒される前に、きしあは自分から跳躍していたにちがいない。

二人の間をレーザーの光が貫いた。

敵だ。

ぴぃん、と銀色のボディ上に美しい音が映《は》えた。

せつらの妖糸は撥《は》ね返され、その姿をセンサーが追った。捕まったらやられる。

「お待ちなさい」

凜《りん》とした美しい声を、機械も理解したのかもしれない。

センサーが一八〇度回転して、きしあを捉《とら》える。

レーザー砲が向きを変える。

「何を射《う》つ気かしら？」

声より早く、空気中に気が流れた。

ぶわ、と戦車がふくれ上がり、次の瞬間、四散した。せつらはコートで破片の飛来を避けた。

それから、きしあを見つめ、その右手へと視線を移した。

「どうやったんです？」

「なぜ、私たちを狙《ねら》ったのかしら？」

と、きしあはつぶやいた。

「趙《チョウ》工場のラベルがついている」

せつらは火と電磁波を飛ばしている残骸《ざんがい》を指さし、きびすを返して戸口へと向かった。

趙工場は、趙という韓国人《かんこく》がひとりできりもりしている修理場である。

歩いて一分もかからない狭苦《せまくる》しい工場内で、趙は死体となっていた。射ち抜かれた額《ひたい》からは、まだ鮮血がしたたり、床を染めている。

「殺した奴が、メカに細工したのね。――でも、なぜ、モグラを？」

きしあの問いに、

「おそらく、新しいプログラムよりも、事前にインプットされていたNASAのプログラムを優先したのでしょう。このタイプには強力なメモリー・バンクがついていますから、そちらの分も消去しないと、いつまでも新しいプログラムは第二実行系に分類されてしまいます」

のんびりと解説するせつらに、きしあは驚きの眼を向けた。

4章　時歩《あゆ》む刺客

1

「技術町」を出て、大京町へと向かう二人を、ある工場の物陰から二組の憎しみの眼《まなこ》が追っていた。

グレンダこと夏柳あおいと、ダンカン――夏柳竜之介であった。

「やるわねえ、あのハンサム」

と、あおいは同意を求めたが、返事はない。もとより彼女は声を出せないのである。ただ、唇を閉じた針金にどんな魔力が込められているのか、当人には口を閉じられているという感じがまるでない。そのためについついしゃべってしまうのだが、相手には何も聞こえないのである。

「大したものだな」

と竜之介は、それでも同じ感想を抱いているとみえる台詞《せりふ》を吐いた。たくまず、妹への返事になっている。

二人一緒だが、揃《そろ》ってやって来たのではない。せつらの店を見張っていた竜之介は彼の後を尾《つ》けて、あおいは、抜糸のために、この街を訪れ、偶然出会ったのだ。環境探査メカにせつらときしあを襲わせたのは、もちろん、この二人だが、持ち主の老人を惨殺したことなど、とうに忘れ果てている。

「どうするのよ、兄さん？」

聞こえぬはずの問いに、

「おれがちょっかいを出してみよう」

と、竜之介は言った。

「おまえは、早いところ、その糸を何とかしろ。この街なら抜いてくれるはずだ」

「あら、おやさしいこと」

胸の中だけで込めた皮肉は、どうやら表情に出たらしい。竜之介はにやりと笑って、

「いくらお前でも、声が出なくては、ブリギッテの叫びは上げられまい。それでは返り討ちにしてくれというようなものだ。ここは、おれにまかせろ」

「いいけど、しっかりしてよ。――あの色男、途方もなく手強《てごわ》いわよ」

にやりと笑って、竜之介は走り去った。


せつらときしあは、〝技術町〟を出てすぐのところにある喫茶店に入った。

注文したコーヒーをひと口飲《や》って、きしあは黙ってカップをソーサーに戻した。

「？」

という表情のせつらへ、

「油《オイル》の味がするわ」

「やっぱりね」

「知ってたの？」

「よくあるんだ。〝技術町〟の近くでは、ね」

「商業道徳に反してない？」

「ここは〈新宿〉だよ」

きしあは苦笑してカップを置いた。

「凄《すご》いところね」

せつらも置いたカップを見て、

「あなたも飲んでいないの、〈新宿〉の代表選手さん？」

「はは」

せつらは面白《おもしろ》くもなさそうに笑って、

「で？」

「事情をいちいち話さなくても、捜してくれるのではなかったの？」

「事情が少し変わってね」

「それを聞かせてもらえる？」

「うちのアルバイトが、あの四人家族に殺された」

「まあ」

「十七歳だった」

「――お気の毒に」

「女の子だ」

きしあの眼が大きく見開かれた。ふた呼吸ほど置いて、

「あなたのこと、この町へ来る前に、来てからもたくさんの人から聞かされたわ。――悪い相手を敵に廻《まわ》したわね、あいつら」

「教えてくれないか？」

「あなたなら、あいつらの正体くらい、とっくにわかっているでしょうね。それなのに、私とあいつらの関係を知りたいのは――私を守ってくれるつもり？」

「はは」

脳天気としかいえない笑顔をじっと見つめて、きしあは、

「いいわ、話してあげる」

と言った。

「ちょっと待って」

せつらは立ち上がり、ゆらゆらと三つほど後ろの席へ向かい、レモン・ティーを飲んでいる小男の肩を叩いた。

びくっと跳ね上がった浅黒い顔へ、のほほんとした笑顔を見せ、ふたこと、みこと話しかけると、男は一も二もなくうなずいて、伝票をむしり取るようにしてレジへと向かった。

戻って来たせつらに、

「どうしたの？」

「盗聴屋ですよ。――ほら、角砂糖の中にミニ・マイクがしかけてある。出てってもらいまし

た」

「何を言ったの？　死人みたいな顔をしていたわ」

「今宵《こよい》の虎徹《こてつ》はよく切れる」

きしあは、きょとんとした表情で、春風に愛されてるみたいな美貌を見つめ、

「おかけなさい」

と言った。

三ヵ月前まで、きしあはあの家族《ファミリー》の一員であった。それは、殺人を含む破壊行為に邁進《まいしん》することを意味した。夏柳ファミリーは、全員が世界を股《また》にかける凄腕の殺し屋であり、破壊者でもあった。

自分がなぜ彼らに加わったのかは、よく覚えていない。

ファミリーの長《おさ》たる母――〝ウィッチ〟こと夏柳志保の言《げん》によると、大阪《おおさか》での「仕事」の帰り、ミナミで三人のチンピラに取り囲まれていた彼女が、男どもを鮮《あざ》やかに叩きのめしたのを見て、声をかけたのだという。

「スカウトだったのよ。ファミリーの長女が殺されて欠員の補充を捜していたらしいわ。ひと目で、ただの女じゃないって見抜いたのね。そのとおりだったわ」

きしあは記憶を失っていたのだった。

その翌日から、きしあはファミリーの一員として活動を開始した。

丸一年に及ぶそれに終止符を打ったのは、東欧の某国元首を暗殺した際、腕利《き》きのボディガー

ドから頭部へ射ち込まれたレーザー・ビームであった。

「あいつらは、私を見つけたその日のうちに睡眠薬を打って、脳に手を加えたのよ」

手術は、ミナミにいる非合法の外科医によって行なわれた。

記憶を戻さず、ファミリーの一員たる自覚と忠誠心を植えつけ、殺人への禁忌《きんき》を失わせる。

——矜持《きょうじ》を失った医師なら簡単にやってのけるだろう。

「これを訊《き》いたのは、〝母さん〟を脅《おど》して、よ。でも、記憶そのものは一部しか戻らなかった」

それが、一葉《いちよう》の写真に関するものであった。

ある男性と一緒に写《うつ》っている自分。懐かしい想《おも》いをきしあは抱いた。あれはどうして？

きしあが志保を脅したのは、それを見つけたい一心であった。自分をこの世界に誘い込んだのが彼女なら、写真の行方も知っているはずだ。

はたして、志保は写真を取り出した。保管していたのは、万がいち、きしあが記憶を取り戻したときに、脅迫の材料に使えるとでも思ったのであろう。

それを奪ってきしあはニューヨークで〝ファミリー〟と訣別《けつべつ》した。

写真の場所が〈新宿〉だと知るには「ニューヨーク・タイムズ」のM・D《ミニ・ディスク》リーダーを借りれば事足りた。

一般向けの閲覧《えつらん》と貸し出しを行なっている、NYTが誇る〝世界じゅうで写っていない土地はない〟MD写真コピーは、その中の一枚に、きしあの写真とまさしく同じ場所とその名前——〈新宿〉とを映《うつ》し出したのである。

ただで済むはずがないことはわかっていた。夏柳ファミリーと過ごした一年間の記憶は鮮やかだ。彼らにしてみれば、知りすぎているどころの女ではなかった。

国家元首を含む各国VIPの暗殺、国連ビルの爆破を頂点とする破壊活動――その一部でも外部に漏洩《ろうえい》すれば、全世界の警察、公安組織がファミリーの抹殺《まっさつ》を策してくるのは火を見るより明らかだ。

はたして、敵は来た。

その結果がどうなのか、じつはきしあには、さして関心がなかった。彼女の目的は、写真に灼《や》きつけられたひとときの意味であった。

私と並んだあの男性は誰なのか？　あれはいつのことなのか？　そして、私は誰なのか？

それさえわかれば、私はどうなろうと知ったことではない。無抵抗で八つ裂《ざ》きにされてもいいとさえ思っていた。

「聞くも涙、語るも涙の物語でしょう。でも、これでおしまいよ」

きしあは、ひっそりと笑った。

「連絡は私のほうからするわ。あなたは写真の男の人を捜《さが》すのに全力を尽くしてちょうだい。余計なお世話でしょうけど、私のことなんか気にしないで」

「わかっています」

せつらは、のんびりと言った。彼の仕事は人捜しで、ボディガードではないのだった。

「もうひとつだけ」

と、彼は伝票を摑《つか》んで立ち上がりながら言った。

「その名前は――本名ですか？」

「そんなわけないわ」

と答えてから、きしあは気がついた。

「――やさしいのね、あなた。でも、いいのよ。あいつがつけたの。素敵な母さんがね」

喫茶店を出て、せつらは大通りの方へと歩き出した。

その気になって写真もある以上、被写体の男を捜し出すのは、さしたる手間でもない。外谷良《とやよし》子《こ》へ連絡を取れば、一〇分もかからず住所から鼻毛の数までわかるだろう。

大通りへ出る手前で、せつらは右へ折れ、狭い路地へ入った。

気配が尾《つ》いてくる。喫茶店を出たときから――〝技術町〟へ向かうときも尾行《びこう》してきたのと同じだ。

歩きながら、せつらはよじり合わせた妖糸を路上へ落としていった。彼にしかできぬ特殊なよじり方をしたチタンの糸は、きっかり三秒後に発条《ばね》のごとく跳ね上がって、尾行者の肉体を切り刻むはずであった。

路地をさらに二度曲がって、

「やっぱり、ね」

と、せつらは茫洋《ぼうよう》とつぶやいた。

追いつづける気配に毛ほどの異常も感じられないのだ。

幻覚かと思った。ある程度の実質感を伴《ともな》った幻《まぼろし》や幽体《ゆうたい》など、〈新宿〉ではいくらでも手に入る。ちょっとした通りに見台《けんだい》を出している占い師でも、薬の瓶《びん》を三本もいじくって、簡単にあつらえてくれるだろう。

だが、いま追いすがる気配は、そのいずれとも違っていた。強《し》いて言えば、そこにいるくせに現在《いま》にはいないかのような。

「時間の問題か」

と、せつらはつぶやき、

「それなら、いいところがある」

とつけ加えた。

次の瞬間、彼は風を巻いて走り出した。コートの裾《すそ》が形ある闇のように流れ、かがやく美貌に黒いほつれ毛がまつわった。それは黒い天使の疾走に似《に》ていた。

路地の果てに彼を待っていたものは、奇妙な空地《あきち》であった。

一〇〇坪は優にある。黒い土の上には草ではなく、苔《こけ》のようなものがあちこち固まって生《は》えて、何となく、沼に漂《ただよ》う浮島の風情《ふぜい》があった。入り口はせつらのやって来た路地だけで、三方は急ごしらえと思《おぼ》しいブロック塀《べい》に囲まれていた。

軽く地を蹴って、せつらはやすやすと路地の中央に立った。冬の光が、黒土《くろつち》の土地に暗黒の美像を凝結させた。

五秒ほど遅れて、用心するふうもなく人影が現われた。

夏柳竜之介である。せつらを認め、軽く手を上げた。

「妙なところへ連れ込まれたな。〈新宿〉の名所は頭へ入れたつもりだが、ここはわからなかった」

と、きょろきょろ周囲を見廻す。せつらなど眼中にないような無用心ぶりだ。黒衣の若者がその気になれば、その間に一〇回は縦横《たてよこ》に寸断されているだろう。

だが、これは、魔人秋せつらのよじり糸を歯牙《しが》にもかけぬ男であった。

「ここで、おれをどうする、秋せつら？」

「そちらこそ、何の用ですか？　――陣内さんは、まだ見つかっていません」

せつらのほうも、のほほんと嘘をつく。竜之介は苦笑した。きしあと一緒のところをその眼で見ている上、自分の監視とちょっかいを、この美しい若者が気づかないはずはない。

「あの女は、おれが後を尾《つ》けている。始末はすぐにつくだろう」

「なら、僕はもう用済みでしょ。尾《つ》け廻さないでくれませんか、何だかイヤらしいですよ」

ついに、竜之介は声を立てて笑った。

「〈魔界都市〉一の人捜し屋が、こんなに美しくもとぼけた男だったとはな。いずれおれが死んだら冥土《めいど》への土産《みやげ》話に持っていこう。向こうでさぞや受けるだろう。先に行って待っていろ」

笑顔が凶相に変わった刹那、二人の間を一陣の風が過ぎた。せつらの髪がほつれてその顔を隠した。竜之介は凍結した。前方の若者が、途方ない何かに変わったような気がしたのだ。

だが、せつらは変わらない。天上の美貌に翳《かげ》を下ろしたまま、同じ位置に同じ格好で立っている。

左手が髪を掻き上げた。現われた顔にも表情にも変化はない。

だが――

「私と会ってしまったな」

心臓を氷の針でひと突きにされたような衝撃とともに竜之介は理解した。違う。この若者は、彼が追ってきた人捜し屋とはまったくの別人だ！

「秋せつら――〈魔界都市〉の住人……」

彼はこうつぶやく自分の声を聴いた。

2

だが、それも束《つか》の間《ま》、竜之介の右手は意志とは無関係に動いて、前方のせつらを指さした。

人差し指にはめたレーザー・リングは、真紅の光条で彼とせつらをつないだ。

「なるほどな」

と低く納得したのは、せつらである。傷ひとつない胸もとへ眼を落としてから、竜之介を見て、

「やはり、今にはいないのか」

と言った。応じるように、竜之介も、左手で、伸ばした右手首を押さえ、

「射つ前に切られたか。だからこそ、黙ってビームを浴びたとみえる。とんでもない人捜し屋だな、君は」

と言った。

この奇妙な会話の意味するところは何か？

そこにはいるが、今にはいない。夏柳竜之介の特殊能力を知ったならば、自分を僕と呼ぶ秋せつらですら驚嘆せざるを得まい。

過去か未来か。――竜之介は確かにせつらの前にいる。だが、彼の本体は現在には存在せず、ずれた時間の中にいるのだ。いわば、時空間の座標軸のうち、空間的には現在《いま》に、時間的には過去か未来に。したがって、現在の攻撃はすべて無効と化す。

せつらは動かなかった。とりあえず打つ手がなかったこともあるが、おかしな興味が湧いたのである。現在の自分が攻撃できないのなら、過去か未来の竜之介には、可能なのか？

「手詰まりに見えるかね？」

と、竜之介が訊いた。

「だが、お互い、とはいかんぞ」

反射的にせつらの身体が右へと走った。

再び走った赤いすじは心臓を貫くはずが左腕に刺さった。黒衣が火を噴《ふ》き紫煙を立ちのぼらせた。同時に、せつらの姿は竜之介の視界から消滅した。

「逃がさんぞ」

叫びざま、竜之介はビームを下方へ向けた。

せつらの姿が黒い大地へ吸い込まれるのを目撃したのである。

一瞬のうちに現在へ戻した身体を維持したまま、彼は大地を灼熱させ、水蒸気を噴き上げさせた。

地面から不可視の糸が錐《きり》のごとく垂直に立ち上がって、下方から体内に潜り込んだとき、その身体は別の時間を選んでいた。にやりと笑って、

「遅いぞ、せつら。——だが、どこへ潜り込んだ？」

竜之介は足早にせつらの消失地点へ近づき、黒い地面を注意深く覗き込んだ。

足下の小石を蹴ると、それは地面の上に落ち、小さな波紋を広げて消滅した。一見、地面と見まごう光沢と質感を備えたそこは深い水溜まりだったのだ。

さすがにとまどい、追うこともできずに、竜之介は四方を見廻した。空地は冬の陽光の下に寒々と広がり、生命の気配もない。美しい人捜し屋はその大地の下で、彼の知らない空気穴から呼吸しつつ、必殺の瞬間を狙っているのであろう。

どうしたものかと立ち止まった足下が、このとき、不意にこわばりを失った。

「わっ!?」

驚愕の叫びは上から下へと流れた。瞬間——竜之介は泥海と化した地面の中へ吸い込まれていた。

せつらがこの空地へ彼を誘い込んだのは、これを狙ってのものか。空地は一見、揺るぎなき地表のように見えて、その実、おびただしい水路が、迷路のごとく地中に張り巡らされているのであった。それでも、竜之介とせつらが平気で攻防を展開できたのは、水路の位置が深さによって異《こと》なるからだ。分厚い地面の上にいれば、やはり安心なのである。

せつらは水中で、竜之介の立つ大地を崩した。酸素を呼吸する生物である限り、泥水に没すれば窒息する。いやこの場合は溺死というべきか。

だが、竜之介は息が止まりもしなければ、泥も食わなかった。

黒い泥土の中で、彼は過去か未来の時間に身を寄せていたのである。その身体に、手裏剣のように数本のよじれ糸が食い込んだが、傷ひとつつけずに泥水の彼方に飛び去った。

「馬鹿め、まだわからんのか」

と竜之介は嘲笑し、次の刹那、戦慄が心臓を食い破るのを感じた。時間的にはともかく、空間的には、彼はここにいる。泥水の中にいる。これは動かしがたい事実だ。そして、脱出する術《すべ》はない。時間軸はともかく、空間の座標を移動することが、彼にはできないのだ。

いまや、圧倒的なぬるい質量を誇る大地の下で、身の気もよだつ運命が、時を操る殺し屋を捉《とら》えつつあった。

いつとは知れぬ。しかし、彼の体内時間は外部時間とは無関係に過ぎ去り、彼の物理的生命力は尽き果てざるを得ない。その間、ひとりで過ごさねばならぬのだ。黒い暗い地の底で、話すものもなく、たったひとりで。

「やめろ——やめてくれ」

と、竜之介は絶叫した。泥以外は聞くものとてない絶叫であった。

地底からの叫びを、せつらは垂らした妖糸を通じて耳にした。すでに地上に立ち上がり、コートや髪から泥を払い落とすその姿は、あちこちに黒い破片がこびりついているが、やはり、夢のように美しい。

「〈新宿〉は裏通りも恐ろしい」

ぽつりとつぶやいた声は、もう、茫洋たるせんべい屋の若主人のものだ。

〈新宿〉の危険地帯《デンジャラス・ゾーン》は、かなり小規模なものまで、その位置や性質が市販の観光案内書に載《の》っており、案内書自体は、旅行者センターでも一般書店でも手に入る。もっと簡単な資料なら、区役所が設置した一千カ所の無料パンフレット置場で手に入る。必要とあれば、観光センターで、もっと詳しい地図を入手するのも可能だ。だが、いかに〈新宿〉を熟知した〈区民〉でも完璧な〈危険地帯図〉を作製するのが不可能とされるのは、主だった危険地帯にはさして変化がないものの、小さな路地や横丁、廃墟の一角においては、日ごと夜ごと、新たな〈危険地帯〉が生じ、誰ひとり、その実体や数を把握できないためだ。

この空地でさえ、地中の水路のすべてがどこから来てどこへ通じているかは、〈区〉の調査員にすらわかるまい。ただ、秋せつらのみがそれを知っている。竜之介との戦いの寸前に、地中へ潜り込ませたおびただしい数の妖糸を道標として。

裏通りは恐ろしいというせつらの言葉は、〈区民〉の自負と取れなくもないが、その実、美しい魔人以外のすべての者に対する警鐘なのであった。

すでに、死闘に対する感慨も、地の底に沈んだ時間殺人者への興味も失《う》せ果てたような呑気な表情で、しかし、せつらは風を巻いて、もと来た道を走り出した。

戦う寸前、竜之介の洩《い》らした謎めいた言葉を、彼は忘れてはいなかったのだ。

きしあの後をおれが尾《つ》けている。と夏柳竜之介は断言したのである。


喫茶店を出て、きしあはタクシーを拾った。車はスムーズに流れている。時々、鈍い衝撃音とともに、無気味な叫びが上がるのは信号無視の妖物がぶつかったか礫《ひ》かれたかしたらしい。

運転手に告げた目的地は、中落合《なかおちあい》であった。

「『大逆医院《だいぎゃく》』よ。わかります？」

「へえ。――あそこへねえ」

運転手の声が、きしあの顔を上げさせた。当人もそれに気づいて、

「いや、あそこへ行くんなら、大抵《たいてい》の人はメフィスト病院のほうへ出掛けるもンだからね。院長さんがちょっと変わってるから」

「お願い、急いで」

「おいよ」

気の好《よ》さそうな運転手は、たちまちスピードを上げはじめたが、あと少しで明治通りとの交差

点というところで、バックミラーを覗いた途端、まばたきを繰り返し、

「へえ、後ろのタクシー、おかしな客を乗せてるな」

と言った。

「え？」

と振り返ったのは、きしあの現状からすれば無理もない行為だった。だが、二メートルと車間距離を置かずに尾《つ》いてくるタクシーは、空車の赤ランプを点《とも》し、助手席にも客席にも人の姿はない。

「普通じゃわからないよ、お客さん——バックミラーを見な」

言われて向きを変え、きしあの眼は柳葉のごとく細まった。

確かに客席に男がいる。——竜之介が。無論《むろん》、そのとき、もうひとりの竜之介が、せつらと大京町の空地で死闘を繰り広げているなど、きしあが知るはずはなかった。それなのに、彼女は、

「せつらさんのところへも——」

小さく、低く、言い当てた。

「知り合いですか？」

「いいえ。このミラー、特別製？」

「ええ。この頃、また、〝後部座席の見えない客〟が多くなりはじめましてね。なに、〈新宿〉のタクシーはみんな一応、それ専用のミラーをつけてんですが、敵もさるもの、進化っつうのか何なのか、段々、見えなくなりだしまして、こっちも対抗上、強い霊視ミラーをつけざるを得なく

なったんですわ。まだ、数は少ないけど、ぼちぼち多くなるでしょう。ま、こいつは標準より一〇倍も強力な特別製ですがね。ただ、こっちにもおかしな副作用が出るのが玉に傷で。――ほら、明治通りだ。きっと、真っすぐ行っちまいますよ」

「だといいけれど」

右へ流れたきしあの声は、その懸念《けねん》が的中したと告げていた。見えざる竜之介を乗せたタクシーも、「新伊勢丹《いせたん》」の交差点を明治通りへと右折したのである。

「尾《つ》いて来られちゃ困るわね」

きしあはつぶやいて、運転手に万札を押しつけ、

「悪いけど、途中下車するわ。近くに、空間の歪《ゆが》んでいる場所はなくって？」

と訊いた。〈区外〉の人間なら眼を剝《む》く質問だが、運転手はちょっと考え、

「わかりました」

とうなずいた。

3

「痛《いて》え、畜生《ちくしょう》、頭が割れるう」

人語を話す獣みたいな声が、狭い部屋じゅうに響くや、寒々しくうずくまった人影の中から、屈強なひとつが発条《ばね》仕掛けみたいに跳ね上がった。革ジャンの大男だ。頭に包帯を巻いて、それ

が血まみれだ。

「馬鹿野郎――おとなしくしやがれ！」

「こか、病院だぞ！」

叫んで押さえつけようとしがみついた男たちも同類――大男で角刈り、坊主頭で凶相だ。周《まわ》りでストーブを囲んでいた患者たちがいっせいに隅へと逃げる。

包帯男はいったん押さえつけられたものの、再び傷ついた野獣の叫びと体力を振り絞って仲間を撥《は》ね飛ばし、ひとりを部屋の隅へぶん投げた。

そこに患者が三人ほどいた。投げられた男と、鶴みたいに痩《や》せっぽちの患者の頭とがぶつかり、いやな音を立てた。

投げられた男は平気だったが、痩せっぽちは、ぎゃっと洩らして倒れ、その頭が畳につくかつかないかのうちに、両耳と眼、鼻孔から、七色の煙みたいなものが流れ出したのである。

「あなた!?」

と中年の女が叫び、もうひとり、白髪の老婆と煙の漏出部分をふさいだが、すでに洩れていた分は空中で奇怪な――鬼とも魔ともつかない顔になって、いきなり、中年女の頭を巨大な口で咥《くわ》え込んだ。

女は悲鳴を上げた。両手を振り廻すと、鬼面はたちまち四方へ散じたが、女の頭部――煙の牙が食い込んだ部分には確かに丸い穴が開き鮮血が噴きこぼれた。そればかりか、散ったはずの煙はたちまち、少し離れた空中に漂い集《つど》って、みるみるうちに七彩の渦を巻きはじめた。

「あいつだ！」

と包帯男が叫ぶや、革ジャンの内側から大型の自動拳銃を引き抜き、渦めがけて引金を引いた。

渦の真ん中と向こうの壁に小さな穴が開いたが、渦の分はたちまちふさがり、それは長い帯と化して包帯男の方に漂い流れてきた。

もう一度、形が変わった。男の首に巻きついたのは、長い蛇であった。ただの煙のはずが、それは強靭なロープの手応《ごた》えで、包帯男の首を絞めつけ、白い眼を剝かせた。仲間たちが引き離そうとすると、指は抵抗もなく蛇の胴を貫き、わずかな煙を指先にまとわりつかせて戻った。

小さな待合室を死が席捲《せっけん》しようとしたとき、

「何をゴタついてやがるんだ！」

滅法《めっぽう》荒っぽい声が廊下の方から響くと、ずんぐりした白衣姿の男が、つかつかと包帯男の一派に歩み寄り、

「ふむ」

と納得するや、すでにチアノーゼを起こしている男を見捨てて、まだ、妻と母とに眼鼻耳をふさがれている瘦《や》せっぽちのそばへ行った。

「元凶はこいつだ。ＰＣＰを喫《や》ってるな？」

〈新宿〉でも一、二を争うといわれる強烈な幻覚剤である。人によっては幻覚が実体化する場合もあるという。

震えながらうなずく家族を押しのけ、白衣の男は痩せの両側頭部へ、締めつけるみたいに手を当てた。七彩の煙は、また噴き出しはじめている。

「だいぶ、ゆるんでやがるな。——こうだ」

ぎちぎちと頭骨《ずこつ》を締めつける指は、頭へ埋没したみたいに見えた。

途端に、煙が熄《や》んだ。

もう少し締めてから、白衣の男は痩せっぽちを離し、

「これでよし。手間をかけやがって」

と廊下の方を向いた。戸口に立っている看護婦に、

「何見てやがる。とっとと病棟へ連れてけ。PCPを一万分の一ミリも残さず洗い流すんだ。内臓を丸ごと洗滌《せんじよう》しろ。それから、そっちのゴロツキ」

じろりと睨まれ、それまで彼を睨んでいた男たちは、あわてて眼をそらした。この病院の院長だが、顔つきの迫力から腕っぷし、胆《きも》の太さまで彼らにひけを取らない。それどころか、治療に難くせをつけに向かった暴力団員が一〇人ばかり行方不明となり、病院のどこかで、脳味噌を摘出されたという噂まであるのだ。

脳外科専門病院＝大逆医院院長、大逆十太《とうた》であった。

「これ以上、うちの病院でおかしな真似をさらすと許さんぞ。てめえら全員、生かしちゃ帰さねえ、おとなしく順番を待ってやがれ」

「順番ってよお、先生」

兄貴分らしいスキンヘッドが、おっかなびっくり異を唱《とな》えた。

「おれたちゃ、開院と同時に駆け込んできたんだぜ。それがよ、三時間も経つのにまだ待たされてるんだ。こら、差別じゃねえのか、え？」

「ああ、そうだ」

と、院長は歯を剝《む》いて叫んだ。

「おれの趣味でな、やくざと暴力団と、女子大生は大っぴらに差別することにしてる。追い返されなかっただけましだと思いやがれ」

「けっ」

と、別のひとりが毒づいた。

「なんてゴロツキ病院だ。こんなことなら、さっさとメフィスト病院へ行ったほうがましだぜ」

「なにがメフィストだ。あんな生《なま》っ白《ちろ》いヤブと比較するんじゃねえ。てめえ、この罰《ばち》当たりどもめが、揃って地獄へ堕《お》ちやがれ！」

火の出るような悪罵《あくば》とともに、医者は包帯の頭の、まさしく頭を思いきり蹴り上げた。情《なさ》け容赦のない一撃であった。

ぐき、と頸骨《けいこつ》が鳴って、包帯男はおとなしくなった。

「死んだ、ぞ」

と、付き添いのゴロツキが言った。

「馬鹿野郎——神経は切れてねえ。おい、再生室へ連れてけ。頭ん中をいじって真《ま》人間にしてやらあ」

無茶苦茶な台詞《せりふ》に反抗するやくざもおらず、看護婦たちが包帯男を運び出すと、大逆は待合室を見廻し、

「てめえら、患者面《づら》していい気になってやがると、生かして手術室を出さねえぞ！」

無茶苦茶を遙《はる》かに凌駕《りょうが》する悪罵を叩きつけて、さっさと部屋を出て行ってしまった。

手術室へは足を向けず、大逆は裏の住まいへ行くと、古風な縁側から中庭へ下りた。

一五〇坪《つぼ》の敷地のうち、五〇坪を占《し》める庭の真ん中には、縦横《たてよこ》三メートル、高さ二メートルほどの鉄の函《はこ》みたいな小屋が建っていた。

赤錆《あかさ》びた表面を見ただけで、いかにも古いとわかるが、長いこと見ていると、何となく肌寒さを覚えて、これも〈新宿〉ならではの存在なのだな、と納得してしまう。

ドアの表に残る白ペンキの文字の一部は、確かに、
要注意〈区役所〉

と読めた。

ばかでかい鍵——というより錠前《じょうまえ》を、これもばかでかい鍵で外《はず》して、大逆は内部へ入った。

何もない。傍目《はため》には、何のために造られたのかさっぱりわからないがらんどうである。

ただ、真ん中の空間が陽炎《かげろう》でも生じているみたいに、ぼんやりと歪《ゆが》んでいる。

大逆は鉄扉《てっぴ》を閉めると大きく息を吸い、白衣のポケットから、小ぶりなガラス瓶とピンセットを取り出した。

顔にはいつの間にか、びっしりと苦悩の汗が浮いている。

ドクター・メフィストと並び称せられる脳外科医が、患者を放ったらかしにして、何をしようとしているのか。

瓶の口を開け、蓋《ふた》をポケットにしまってから、大逆はその空間へ近づいた。

彼を知っているものが見たら、〈新宿〉のやくざさえ恐れぬ凶暴な医師が、恐る恐る歩を進めていることに気づいて、驚嘆しただろう。現実に、彼の足も、ピンセットをつまんだ指も瘧《おこり》にかかったように震えていた。

金属の先端が、陽炎の端に触《ふ》れた刹那、大逆は眼を閉じた。この瞬間だけは、いくら場数を踏んでも慣れない。歪みのいちばん少ない空隙《くうげき》を選んだつもりでも、突如、それは性状を変じ、ピンセットを離す暇もなく、彼を吸い込んでしまう恐れがあるからだ。祖父はそうやって消え、兄は身体《からだ》の半分を失った。問題は、吸い込まれた部分がどうなっているのか、半分だけで三〇年以上も生き延びたことだ。自殺という手段を選んだのは、家族にとっても救いだったのかもしれない。

手応《てごた》えは成功と伝えてきた。へたり込みたくなる気分を抑《おさ》えて、大逆はゆっくりとピンセットを引いた。歪みから縦横五センチばかりが剝離《はくり》した。それも歪んでいた。

ガラス瓶に入れ、蓋を閉めてから覗《のぞ》いた。ピンセットで置いた位置に浮かんでいる。ガラス瓶の冷却がうまくいかなかった頃は、動かした瓶に触れては、瓶ごと腰の一部が消滅するような惨事が起きたが、今では瓶の動きに合わせて移動するから心配はいらない。

この空間の歪みが、いつから大逆家の庭先に生じたのかは、大逆自身もわからない。少なくとも〈魔震〉のずっと前なのは確かだ。

大逆家が卓越した脳外科医として名を成してきた背景に、これがあると知ったら、世界は糾弾の指を向けるだろうか。

事故による脳内出血、脳内血管の詰まる脳梗塞《こうそく》、脳血栓《けっせん》、そして脳腫瘍《しゅよう》に、この空間の歪みがどれほどの効果を発揮するかは、大逆の当主だけが知っている。

出血を残らず消去し、詰まった血を取り除き、腫瘍を消滅させる。——そのミクロ的な〃歪み〃の動かし方、接触のさせ方は、彼の血にのみ仕組まれたDNAの神業《かみわざ》だ。

脳の手術だけは、メフィスト病院の院長はともかく、スタッフでは及ぶまい——現院長の性格がいま少しまともであったなら、この名声のうちに、大逆医院は大いなる権威として〈新宿〉に覇を唱えたにちがいない。

瓶をポケットに収め、意気洋々と大逆は小屋を出た。

縁側の前に、美しく妖艶な女を認めて彼は立ち止まり、

「どっから入った？」

「塀を乗り越えて。——失礼しました」

「何の用だ？」

と訊いた。

「脳の診察をお願いします」

ぞくりとするような声で女は答えた。

「患者なら玄関へ廻んな」

「その前に、もうひとつお願いがあるんです」

「何でえ？」

と尋ねる双眸《そうぼう》には、好色の波が満《み》ち潮《しお》のごとく打ち寄せている。

「正規の診察以外をご希望なら、特別料金になるぜ。――金じゃねえ」

「わかっています」

と、女はうなずいた。慣れた返答ぶりである。こいつ、何者だ、と大逆は訝《いぶか》しんだ。

「名前と職業は？」

「陣内と申します。目下、無職です」

「名前だよ、名前」

「きしあ」

「いい名前だな。〈新宿〉ふうだ」

大逆はにやりと笑って、

「患者が詰まってる。少し、おれの部屋で待ちな」

と言った。

「それが、一刻を争います」

「それほど重症とも思えねえがな」

と、きしあの肢体を一瞥《いちべつ》し、涎《よだれ》を抑えた。

「空間の歪みは——そこですか？」

女の眼が鉄の小屋を刺した。

「ほう、どこで訊いた？」

と訊いて、大逆はのけ反《ぞ》った。

女が軽く地を蹴るや、楽々と彼の頭上を越えて、小屋の扉の前に着地し、

「いらっしゃい、ここよ」

と、明らかに彼以外の存在へ声をかけたのだ。

応ずるものはいない。だが、冬の光に深沈と静まり返った庭先を渡る風に、その風にそよぐ葉に、何やら普段とはちがう気配を感じ取って、大逆がはっとした途端、女は後ろ手に扉を開け、身を翻《ひるがえ》して小屋の内部に消えていた。

むしり取られた錠前が地面に落ちた。

「おいっ⁉」

と叫んで大逆が走り出し、それが三歩を数えたとき、小屋の内側から、ひょいと女が現われたのである。

得体の知れぬ不気味さに打たれて、大逆は足を止め、

「どうした？」

と訊いた。

「何も。――何か感じました？」

奇妙な質問も、この街ではよくある問いだ。

大逆は少し考え、

「いや、そういえば、あんたが内部へ入ってすぐ、おれの脇を風みたいなもンが小屋の方へ走ったな。そして、いま、出てくる寸前に、今度はそっちから吹き戻ってきた」

「ええ――半分しくじったわ」

「え？」

きしあは小屋の方を振り返って、

「現在《いま》には存在するけど、ここにはいない奴が、私を追いかけてきたのです。存在しない奴を消し去るには、ここではないここへ封じるしかないわ」

「それで〝歪み〟かよ。よくわからねえが、えらいこと考えるもんだ。で――半分ってのは？」

「うまく歪みへ誘い込んだのだけれど、半分が吸い込まれたところで逃げられました。今は逃げたけど、あなたとすれちがったとき、どんな感じがしました？」

「そう言や、途中で空気に溶けるみたいに、気配は失くなっちまったよ」

「それでいいの。結局は、消滅してしまったのよ」

大逆はぼんやりと女を見つめ、毒気を抜かれた声で、

「そうかい」

と言うしかなかった。

5章　蒼茫《そうぼう》の医師

1

きしあの順番が廻《まわ》ってきたのは、三時間後であった。凶暴な性格を発揮さえしなければ、大逆は優秀な院長といえた。

てきぱきと患者を処理し、軽微なものには投薬の指示と処方箋を与え、重症者はすぐに病棟へ収容、さらに危険な連中は、直接手術室へ送り込む——水際《みずぎわ》立った院長ぶりに、きしあも舌を巻いた。

簡単な問診の後で、

「こっちへ来な」

と、大逆は立ち上がり、診察室のベッドの方へ行った。

「ここで手術を？」

きしあは悪戯《いたずら》っぽい眼で優《すぐ》れた脳外科医を見つめた。

「もう患者はあんたひとりしかいやしねえ。手術の前に、信頼関係を深めようってわけさ」

「困ったドクターね」

「よくわからねえが、わが家の特産物を勝手に使ったのは確かだろ。代金は支払ってもらわねえとな」

「いいわよ、その代わり——」

「わかってるよ」

大逆の声はすでに欲情をしたたらせていた。

「いつも、女の患者をこんな目に遭《あ》わせてるの？」

きしあはベッドの前でコートを脱ぎはじめた。ためらいもなく最後の一枚を残して、濃艶《のうえん》な裸体が現われると、大逆は露骨《ろこつ》に舌舐《なめず》りをした。

「後ろを向きな」

啖《たん》がからんだような声をしぼり出す大逆は、下半身だけを剝《む》き出しにした。

きしあはベッドに上体を乗せ、言われた姿勢を取った。

青いパンティに包まれた肉のふくらみの豊かさに、大逆はめまいがした。肉の谷間が透《す》けている。

パンティの内側へ手を入れると、柔らかい肉が熱く掌《てのひら》に灼《や》きついた。

「どうして、これだけ脱がなかったんだい？」

きしあはうすく笑った。

「そのほうが愉《たの》しいでしょ」

「いい女だよ、あんた」

大逆は尻の肉を摑《つか》んだ。

「あン……」

低い喘《あえ》ぎが興奮を誘った。パンティをゆっくりとずらしながら、大逆は後ろからきしあの耳を嚙んだ。指は股間に滑り込んでいた。

「濡《ぬ》れてねえな」

「タイプじゃないのよ」

大逆は声を上げて笑った。

身体を離すと、

「すぐ診察だ」

と言った。

意外な行動に、きしあは振り向き、無意識にパンティを上げながら、

「魅力を感じない？」

と訊《き》いた。大逆はにやりとして、

「その気にならねえ女を抱いても仕様がねえ。こう見えても、精神《こころ》の触れ合いを大事にするほうでな」

「嘘おっしゃいな」

きしあは、突如道徳漢と化した医師を見つめた。その静かな凝視に耐え切れなくなったか、大逆は苦笑を浮かべて、

「おっぱいと腿《もも》の上の傷はレーザーだな。下のほうは何かに咬《か》まれた。見たところ鮫《さめ》か。左肩は銃弾。ダムダムかい」

黙って立つきしあへ、

「勘違いしねえでくれ。傷だらけだからその気がなくなったんじゃねえよ。商売柄、めそめそする女は山ほど見てるんだ。おれの性格からいくと、そいつら残らず押さえつけて、もっと酷《ひど》い目に遭わせてやりたくなっちまう。泣いてる場合じゃねえだろうってな。ああ、何人も姦《や》っちまったよ。だから、あんたみたいな、凄《すご》い生き方をしてる女には弱いのさ。ソンケイしちまうよ」

「こんなふうにしといて？」

きしあは片手で乳房を隠しながら、大逆に近づいた。

「はい」

と、片手で右の乳房を下からすくい上げる。

「お、おお」

大逆は鴇《とき》色の乳首に吸いついた。

離れるまで、今度はだいぶかかった。

「ありがとうよ」

と口を拭《ぬぐ》う大逆の前で、きしあは頬を上気させて、

「お上手ね。残念だわ」

と、熱い息を吐いた。

診察が終わったのは、一時間後だった。

「手術は明日の朝、九時からだ」

と、大逆はぶっきら棒に告げた。

「見通しはどう？」

きしあの声に今までにない緊張がこもった。

「まかしときな。――と言いたいが微妙なところだ。埋まってるメカを始末すれば、周囲を傷つけるようになってる。つまり、メカを撤去しながら同時に治療も行なわなきゃならねえ」

大逆は腕組みし、じっと考え込んだ。きしあの表情に絶望的な翳《かげ》が沈着すると、彼は顔を上げて、にんまりと歯を剝いた。

「強え女の不安そうな顔ってな、いいねえ。――へへ、大船に乗った気でまかしときなって。伊達《だ》《て》に〈新宿〉で医者をやっちゃいねえよ」

「おどかさないで」

きしあは大逆の腕をつねった。

彼女が立ち去ると、大逆はにやにや笑いを引っ込め、ＣＴスキャナーの脳写真を手に取って眺めた。

「メカは脳冠《のうかん》にまで入ってる。〝歪み〟を使って破損箇所を修正はできるが、こら、電子顕微鏡《けんびきよう》レベルの手術になるぞ。大逆医院三代目の実力をもってしても、こいつぁちと、自信がねえやな」

きしあが大通りの方へ歩き出すと、医院の看板の陰で世にも美しい影が言った。

「無事でよかったけど、手術は危険か。これは、おちおち食事もしてられないな」

その日の夕暮れどき、〈旧区役所通り〉に停《と》まっていたレンタカーの中で、携帯電話が鳴った。

「あいよ」

と応じたのは、ソフト帽にスーツ姿の巨漢——夏柳三十郎である。

向こうの声を聞いた途端、彼は仰天《ぎようてん》の表情を見せ、ふた言み言、言い合った後、車を発進させた。

一〇分後、彼は京王プラザホテルの近くにある喫茶店に入った。

奥のテーブルに腰を下ろしてコーヒーを飲んでいたのは、あおいであった。

「しゃべれるようになったのかよ、驚いたぜ」

と素直に眼を丸くする兄へ、あおいは、

「舌を入れてみろ?」

と、妖《あや》しく口を開けて舌を突き出した。

「よせよ、男になんざ興味もねえくせに」

三十郎は白々《しらじら》しく笑って、

「しかし、ドクター・メフィストの縫《ぬ》った糸を切るたぁ、その技術屋、大した腕だなあ」

「腕だけじゃあないわよ。いい情報も持ってたわ——メフィスト病院をいくら張ってもきしあは来ないわ。中落合の大逆医院ってとこよ」

「そいつぁ、凄《すげ》え情報だな」

三十郎は唇を歪めた。

「ほんじゃあ、ちょっくら脅しをかけてくるか」

と、カップのコーヒーを一気に飲み干して立ち上がろうとした。

「待ちなさい。きしあなら、竜之介兄さんが追っかけてたはずよ。でも、何の連絡もない。殺《や》られたと思っていいわ」

三十郎は、ゆっくりと屈伸《スクワット》をやらかすみたいに椅子へ戻って、

「何だって？」

「殺られたって言ったのよ」

「あの兄貴がか？」

「そうよ」

「言っていい冗談と悪い冗談があるぜ」

巨腕がぐいと伸びて妹の胸を鷲摑《わしづか》みにした。

「ここは〈魔界都市〉よ」

と、あおいは少し顔を歪めて言った。

「私たちの冗談なんか通じないかもしれないわ。まして、相手は〈新宿〉一の人捜し屋ときているる」

「きしあじゃねえのか？」

「兄さん分かれたのよ」

「なら、どっちか始末しただろう」

「連絡がないわよ」

「万一、兄貴が殺られたとしたら、どうする?」

　地の底でささやくみたいな声であった。

「二人で殺るしかないわ」

「おれは反対だな」

「何ですって?」

　あおいの声と同時に、三十郎が呻《うめ》いた。しなやかな指が、乳房を摑んだ手首をつねったのである。

「反対だよ」

　と、三十郎は妹の眼を見たまま繰《く》り返した。

「ママが殺られて兄貴も死んだ。もう、仲のいいファミリーを演じる理由がねえだろ。これからは、おれたち個人の力だけでのしてくんだ。ああ、やっと、この日が来たぜ」

「駄目よ」

　あおいの眼が血光を放った。そう見えた。

「きしあは私たちの手で——夏柳ファミリーの手で始末するんだわ。誰の手も借りない。でも、誰も脱けさせない。——三十郎兄さんにも」

「真《ま》っ平《ぴら》だな。おめえの怨《うら》み事につき合うのは」

三十郎はごつい手を引いて、つねられた痕《あと》をちらりと眺めた。青痣《あおあざ》になっている。

「おめえだって、ファミリーのことなんか本気で考えちゃいねえだろ。きしあの始末は手伝うさ。他所《よそ》の奴らに、おれたちのことをぺらぺらやられちゃ堪《たま》らねえからな。だが、その後は、お互い、たまに電話で近況報告するだけにしようや」

「何度も言うけど、駄目よ。ファミリーはママの形見《かたみ》。私たちで壊すなんてことはできないわ。つまらない考えを持たないでちょうだい」

いつの間にか、この兄妹の席にだけ、霜《しも》でも降りかかったようであった。他人には聞こえない、殺しのプロ同士の会話なのに、周囲の客は何となく、不気味な殺気を感じ取って、早々と席を立っている。

「つまらねえ考え？」

と、三十郎は太い毛虫眉をひそめて、

「おめえのその言い方、ママに似てきやがったな。やっぱり、女は男の敵だぜ。ママは兄貴とおれは容赦なく叱《しか》ったが、おめえにだけは甘かった。——いいや、きしあにも、な」

毒と嘲笑を含んだ声の末尾が急にしぼんだ。

あおいの形相を見たのである。

「よせ！」

凍結した空気を切り裂くような叱咤《しった》が、残った客とウェイトレスたちを麻痺《まひ》させた。

憑《つ》かれたような表情が一瞬、尋常さを取り戻すと、あおいは、はっとしたように片手で口を押さえた。

三十郎は椅子に貼りついた姿勢を崩さない。凄絶な何かが起きようとしているのに、為《な》す術《すべ》なく、見守るだけ。この大男とて、かたわらに立てかけたウィンチェスター銃を手に取れば、〈魔界都市〉にふさわしい力を発揮するのであろうに、銃の存在など忘れ切ったみたいに、手さえ伸ばさないとは。

彼らにしかわからない生と死を分かつ数瞬が過ぎた。

口をふさいだまま、あおいはようやく兄をなだめるようにうなずいて言った。

「もう、大丈夫よ」

ようやく、三十郎の右手が伸びた。ライフルではなく妹の肩に。
二、三度やさしく叩いて、
「落ち着けや。――おめえも危ねえんだぞ」

「わかってる。――とりあえず、きしあを倒す件だけに的《まと》を絞りましょう。それと、ママを殺した、あの人捜し屋も」

「そのとおりだ」

はじめて三十郎はライフルの銃身を摑んだ。そこから、何か妖気のようなものが立ちのぼったが、彼は気にしたふうもなく、

「だが、相手はあいつひとりじゃねえ。仕入れた話だと、ドクター・メフィストがあいつに目を

つけて追っかけ廻してるらしい。これで敵は三人――正直、相当に手強《てごわ》いぜ」

「殺《や》られるのは私たちって可能性も高いわね」

あおいは、それさえ愉しみのように笑った。

「ファミリーは私たちだけじゃないのよ、兄さん。竜之介兄さんは長男、三十郎兄さんは三男――」

ウエイトレスのひとりが悲鳴を上げた。

今までおとなしくべちゃくちゃやっていた大男が、椅子を吹っ飛ばすようにして立ち上がり、右手のライフルを娘の顔面に突きつけたのである。西部劇に出てくるような旧式のレバー・アクションの撃鉄はすでに起きていた。

「おめえ――おめえ――まさか」

三十郎は瀕死《ひんし》の状態みたいに声を途切らせた。

「まさか――緋鞘《ひざや》兄貴を呼ぼうてんじゃねえだろうな!?」

あおいは臆《おく》したふうもなく銃口を見つめた。

「他に誰がいて？　――死の大天使の他に？」

2

大逆医院を出てすぐ、せつらは外谷良子と連絡を取ったが、

「外谷です。留守です。いません、ぶう」

と、留守電が繰り返すばかりだった。BGMに聴き覚えがあった。パチンコ屋と同じ軍艦マーチである。

「ぶう」

と応じて、せつらは電話を切った。少々、困った。外谷良子の失踪はしょっ中だが、一度いなくなると、ひと月から半年も戻ってこないことが多い。前世探究に凝《こ》って、河馬《かば》の棲《す》むアフリカへ出掛けているとの噂がある。

「別口を頼むか」

ナンバー2は、矢来町《やらいちょう》在住の麻月難波《あさづきなんば》という男である。

「あれは、性格がよくないしな」

当人が聞けば、おまえに言われたくないとのけ反《ぞ》るであろう。

「まあ、行ってみるか」

せつらはタクシーを拾って矢来町へと急行した。

矢来町自体は、昔から静かな住宅地で〈魔震〉の被害も比較的少なく、〈安全地帯《セフティ・ゾーン》〉のお墨付《すみつ》きもある。近くには神楽坂《かぐらざか》を控《ひか》えて、そこから漂《ただよ》ってくる小粋《こいき》な雰囲気は、今もこの町に淡く仄《ほの》かに残っていた。

麻月難波のオフィスは矢来町のほぼ真ん中で、隣りは写真スタジオである。

オフィスの前でタクシーを降りたとき、丁度、隣りのスタジオから、若鹿みたいに生きのいい色っぽい娘が、撮影機材を肩に飛び出してきて、せつらを一瞥《いちべつ》するや、玄関前にパーク中のバンの前で硬直した。

「いい男」

周りもはばからぬ大声に、バンから出て来たロイド眼鏡《めがね》の兄《にい》さんが、

「やめてくださいよ、待茶也子《まちゃこ》さん」

とたしなめた。

「なによ、いい男だからいい男だってんじゃないのよオ。文句《もんく》があるなら、あんたもあれくらいになってみなさいよ、ドマちゃん」

知り合い同士の言い争いを背に、せつらは麻月のオフィスがあるビルへと歩いて行ったが、急に、美しい黒雲みたいに跳躍するや、通りの反対側に建つ土塀の内側へ吸い込まれた。

間髪《かんはつ》入れず路上へ現われたのは、グレーのツイード・ジャケットも弾《はじ》け飛びそうな三重顎の巨漢であった。頭のソフトも、被《かぶ》っているというより乗っけてあるという感じで、今にも落ちそうだ。

〈新宿〉ナンバー2の情報屋のオフィスから出て来たのは、人捜し屋ナンバー14の走馬大作であった。

左右を見廻し、写真スタジオ前の二人に気がつくと、そっちに背を向けて、ポケットから何かを取り出し、ミットのような手の陰でこっそり眼を通した。

「よっしゃ」

うなずいて神楽坂の方へと歩き出す。

電柱にでも巻きつけた見えざる糸の力か、土塀の内側からふわりと地上へ戻ったせつらは、

「見ちゃったぞ」

と、胸中のつぶやきみたいな、声にならない独《ひと》り言《ごと》を洩《も》らして、ゆっくりと後を追いはじめた。妖糸はすでに巨体へ巻きつけてある。

土塀の内側から千分の一ミクロンの妖糸を送り、走馬が隠し見ている品が、自分がきしあから預かったのと同じ、サービス・サイズの写真だと、せつらはすでに知っていた。


神楽坂の途中で小型タクシーを拾った走馬が、タクシー並みの巨体を下ろしたのは、大久保と新大久保の旧JR駅にはさまれた銀杏《いちょう》の葉みたいな一角——百人町《ひゃくにんちょう》のほぼ中央であった。

ここが〈安全地帯〉とも〈危険地帯《デンジャラス・ゾーン》〉とも、〈区役所〉が規定できないのは、ほぼ安全な居住空間に、虫食い穴みたいに点々と不可思議な場所が点在するからで、時折り、安全な道路を疾走中の車や人間が、突如出現した黒い穴に呑《の》み込まれたりする。なら、〈危険地帯〉でよさそうなものだが、ひとたび何も起こらないとなると、半年くらいは真夜中に子供を外へ出しておいても大丈夫な日々がつづくものだから、〈区〉の〈危険地帯指定規約〉にはどっちとも当てはまらない。かくて、百人町といえば、〈新宿〉でも珍しい中途半端な浮遊地帯として、〈区外〉からの観光客にもポピュラーなのであった。

走馬大作は、依頼日から考えると、かなり出遅れたといえる。

きしあから写真を受け取った当日に、外谷良子のところを訪れればよかったのだ。それができなかったのは、どうしても手が離せない、前の依頼を片づけていたのと、せつらのところのアルバイト殺人そしてなんと、酢漿草《かたばみ》直人の横槍《よこやり》が入ったからであった。

せつらに無惨な遺体を引き取らせたその晩、酢漿草本人と腕利きが五人連れで訪れ、きしあから手を引けと迫ったのである。

「笑わせるな。〈新宿〉の人捜し屋がいったん受けた仕事を、途中でほっぽり出すと思うかい？」

こう言って、せせら笑う走馬へ、

「おめえ以外じゃ、秋せつらが同じ娘を捜してる。さあ、もう時間を無駄にしねえで、とっととこの話から引退しな。ナンバー1とナンバー4じゃ、格がちがいすぎるぜ」

せせら笑おうとして、酢漿草は凍りついた。でぶがせせら笑ったのだ。

「世界チャンピオンと一〇番目の挑戦者の間に、どれくらい差が開いていると思ってる？　おめえらこそ、とっとと出てけ、このアマチュアめ」

野郎、と子分たちは凄んだが、

「まあ、待ちな」

と、酢漿草は止めて、

「どうしても手を引かねえというのなら、少々、厄介《やっかい》なことになるぞ」

と言った。走馬は恐れるふうもなく、

「勝手にしやがれ。おめえんとこの組員の数をまず把握しておくんだな。おれのところへ使いに出すたびに、人数が減るからな」

　走馬はここでひと息入れ、すぐに、

「ところで、おめえ、なんでおれに手え引かせてえんだ?」

　上目遣《うわめづか》いに訊いた。口の端に嘲《あざけ》りの歪みが付着している。

「おれも、いろんな脅しを受けたけどよ、そんな真似をする野郎どもには、共通した点がある。自分の欲得のために眼ん玉がどろどろに濁《にご》ってやがるのさ。ところが、おめえはちがう。やけに澄んでるじゃねえか。へっへっへ、どうやら、本気で女を捜してえらしいな。もとい、――女のために何かしてやりてえんだな。どうだい、図星《ずぼし》だろう?」

「口を閉じるんだな、でぶ。――でねえと」

「笑わせんなよ、ゴロツキ。てめえらごときの脅しに尻尾《しっぽ》を巻いて、この町で生きていけると思うのか。似合わねえよ、酢漿草――そんなウックしい眼は、おめえなんかに似合いやしねえ。ゴロはゴロらしく、女のあそこに、汚ねえポコチンを突っ込むことだけ考えてりゃいいのさ。早死に――」

　そのこめかみに靴の甲《こう》が唸《うな》りを立てて叩き込まれたのは、午前零時ジャストだった。

　凄絶な私刑を何とか脱出したものの、たちまち〈新宿〉じゅうに「深夜興業」の手が廻って、さっきまで麻月のオフィスへ行くこともできなかった。ここにも手は廻っていたはずだが、無事に入れたのは、会見中の麻月の言葉で納得できた。

「家の周りを小汚い虫どもにゴロゴロゴロされるのはやりきれなくてな」

写真の主の素姓《すじょう》と住所はすぐにわかった。

財前賢一《ざいぜんけんいち》、三十六歳、北新宿のハンバーガー・ショップ「フラット・コンビ」の主人だ。

「女房は？」

ここが詰めだった。

「一年と二カ月前から行方不明だ。大阪《おおさか》で例の天王寺《てんのうじ》暴動が起こったとき、ミナミで生き別れになったらしい。死体は見つかっていない」

走馬の願いは、引っ越していってくれるな、だけになった。

タクシーが角を曲がったとき、左の家並みに「FLAT COMBI」の看板を目撃した途端、願いは叶《かな》えられた。

だが――

「ん？」

別の目撃物――白い救急車が店の前に停まっている。いや、救急車じゃない。あのタイプは、メフィスト病院の救命車だ。

料金を払うのももどかしく、車を降りた走馬は、眼の前をすうと横切っていく黒衣の影を認めて眼を剝いた。

「秋せつら」

夕暮れがかがやきを生んだかと思われる美貌の主がハンバーガー・ショップの前にさしかかったとき、ドアが左右に開いて、白衣の救命隊員が担架ごと出て来た。

その後から白い――こちらもかがやくような美貌の主が――

「ドクター・メフィスト」

叫んで走馬はダッシュした。

何が起きたのか、確証はないが想像はついた。店内で生じた事件の内容を、この二人だけのことにしてはならない。

「待て待て待て」

大声で恫喝《どうかつ》したつもりが、ひょいとこちらを向いた二対《につい》の双眸《そうぼう》に見つめられると、下半身が軟体動物になってしまったような気がした。なんだ、こいつらは？　これは夢だ。一生に二度と見ることのできない美しい夢だ。

「おや、走馬くん」

と、夢の片割れがのほほんと言った。

「おかしなところで会うね」

走馬は夢中で頭を振って叫んだ。

「何をぬけぬけと、このハイエナ野郎め。てめえ、どっから尾《つ》けてやがった？」

「人聞きの悪いことを言うね――傷ついてしまった」

せつらは左手を胸に当てた。

「やかましい。――おい、ドクター、ひょっとして、あの担架はここの主人――財前賢一じゃねえのか？」

「よくご存じだ」

もうひとつの夢が応じた。声は天上から振り撒《ま》かれる音楽のようだった。

「どういうことだ。事情を説明してくれ」

と詰め寄ったとき、救命車の方から、

「ドクター、出ます」

と、声がかかった。

メフィストの片手が上がり、白い車は生命を運んで走り出した。

「どうなってるの？」

と、せつらが車を見送りながら訊いた。

「失礼する」

「今の患者を捜している子供がいる。事情を説明してやりたい」

「そうだ」

走馬も追随《ついずい》した。白い医師と女性の関係は、彼も熟知している。メフィストは足を止め、

「この店の主人《あるじ》は、心臓が弱っていた、厄介な病いでな。週一で往診に通っていたのだよ。それが今日、私が着く前に倒れた」

ヤブという言葉が走馬の脳裡《のうり》をかすめたが、夢の中とはいえ口には出せなかった。

「一緒に行かなくていいのかい？」

「今朝、うちのスタッフが新しい治療法を開発した。私は往診中だ」

「すると——当分は絶対安静かな？」

「もちろんだ」

メフィストは光る眼で二人を睨《ね》めつけた。

「人を人とも思わぬ無粋《ぶすい》な人物は入口でチェックさせてもらおう」

せつらと走馬は顔を見合わせた。

「言ってくれるじゃねえか」

と歯を剝く走馬と、天下泰平《てんかたいへい》な人捜し屋へ、

「ここ三日間は当院へ入らぬ旨《むね》、誓いたまえ」

「はい」

と、せつらが右手を上げ、走馬も、おお、と追随した。

「よろしい。——では」

もはや、卑《いや》しい人捜し屋になど興味を失ったごとく、メフィストは二人に一瞥も与えず歩き出した。

その後ろ姿から、こんな台詞《せりふ》があえかな旋律のように漂い、二人の耳に届いた。

「二日前、ある子供の部屋で、叫び声を上げるのが好きな娘に出会った。大声を出さぬよう説得しておいたよ。死刑台と男の精と金貨が話題になった」

「読まれてたな——子供か」

と、走馬が自嘲《じちょう》の笑みを浮かべたのは、白い姿が通りの奥に消えてからである。

そんなことは先刻も承知のせつらは、別の謎らしきものに頭を巡らせていた。

「死刑台——精液——金貨？」

ちょっと小首を傾《かし》げ、虚《うつ》ろな眼で、彼を見ながら通りすぎようとした観光客らしい少女の二人連れが、きゃあと呻いてよろめいたとき、店のドアの前に立っていた人影が、

「走馬さん？」

と、声をかけてきた。

3

「おお」

と、凄味のスパイスをたっぷりかけた返事をしながら振り返り、相手を認めて、人捜し屋ナンバー4は、急に人懐《なつ》っこく、

「おお」

と微笑した。

髪の毛を短く刈り上げた長身の若者である。スポーツマン・タイプの雰囲気が、従業員らしい白いエプロン姿によく似合った。年の頃はせつらよりやや上か。

「財前晃一《こういち》さんだ。——いま運ばれていった店長の弟さんだよ」

と、走馬がせつらに紹介した。

「こっちは秋せつらさん。〈新宿〉いちの人捜し屋だ」

わざといちに力をこめた。

「よろしく」

「どうも」

太くさっぱりした声に、眠そうな響きが応じた。

「お知り合い？」

と、せつらが走馬に訊いた。

「ああ――前にちょっと、仕事したことがあるんだ」

「あのときは、お世話になりました」

と若者――財前晃一は白い歯を見せてから、店の方を見て眉をひそめた。

「今日はちょっと立て込んでしまいまして。――何か御用だったんでしょうか」

「おお。それだ――」

と、片手を上衣の胸ポケットに入れ、走馬は、はっと気づいたようにせつらの方を横目で眺めた。さも憎々しげに、

「あっちへ行けよ」

「どーして？」

こっち、は天下泰平である。

「また横取りしようと狙ってやがるな。眼を見ればわかるんだ。この泥棒猫が」

「侮辱だ。決闘を申し込む」

「うるせえ、とっとと行け」

せつらは黙ってこの場を離れた。五メートルほど離れた電柱の陰に入り込んだのは、傍目《はため》には
いじけているように映ったかもしれない。

「いいんですか、あのお友達？」

と、晃一が心配そうに電柱の方を見たが、走馬は首を振った。

「冗談じゃねえよ、商売敵《がたき》だ。しかも、横取り専門でな」

「それでナンバー1に？」

「おお。でもなきゃ、あんな、女たらししか能のなさそうな坊やに、人捜し屋が務《つと》まるかよ」

「ごもっともです。——あ、こっち見てますよ」

と、電柱の方へ眼をやる晃一へ、

「あんな野郎、ほっとけ。——それよか、この女、見覚えがねえか？」

と、上衣のポケットから取り出した写真を示した。

次の瞬間、写真は引ったくられた。

突き刺すように眼の前にかざしたまま、晃一はしばらく動かなかった。無言不動の迫力に封じ
られて、走馬も動かず声もかけなかった。

「義姉《ねえ》さん」

「ほう」

晃一は写真を下ろし、激情を抑えつけているのが、丸見えの仕草で、写真の表面を指さした。

「家にもある写真です。――どこでこれを？」

「義姉さんが持って来た」

「生きてたんですか？」

「おお」

走馬の眼の前で、晃一は眼を閉じた。

「生きてたのか、義姉さん。――よかった」

少し間を置いて、

「よかった」

と繰り返した。

「くどいようだが、ほんとに義姉さんだな？」

「ええ」

「OKだ。じきに会えるぜ」

と、写真をしまい込む走馬の腕を、晃一が摑んだ。

「どこにいるんですか？　会わせてください」

「そうはいかねえよ。こっちにも、それから、向こうにも都合があるんだ。――しかし、運がいいのか悪いのか、捜し当てた日に、当のご亭主が緊急入院、面会謝絶とはな」

「僕が代わりに会います」

「あんたな、なに、熱中してるんだ？　気持ちはわかるが、これは兄貴の嫁さんだろ。しかもだ、記憶を失ってる」

晃一の口が小さな洞穴《ほらあな》みたいに開いた。

「記憶を——」

根本的な事態を理解するまで、それから二秒ほどを要した。

「記憶を？　——そうか、そうなんだ。だから——」

「そういうこった。だけど、ようやく、義姉さんの旅も終わった。しかし——どうなんだ、ご亭主のほうは？」

「心臓が衰弱し切ってまして。メフィスト先生は、人工心臓に替えるとおっしゃっていましたが、他の内臓もだいぶひどいようです。兄貴のほうは、そんなにまでして生きたくないと言ってますしね」

「ま、生き別れの奥さんに会えりゃ、生きる希望が湧いてくるかもな」

その後の沈黙が、走馬の眉を少し持ち上げさせた。

「そうですね。きっと、そうです」

晃一はとりなすように言った。

「とりあえず、メフィスト病院と連絡を取ってみてくれ。会えるんならすぐに連れてくし、安静なら仕様がねえ。長く保《も》たねえなら、ひと目でもと思うしな。何よりも——」

「え？」

「義姉さん、追われてるぜ」

「誰にです？」

「内緒だ。ここは〈新宿〉さ。どんな奴らがうろついてるかわかったもんじゃねえ。ひょっとしたら、お宅へも顔を出すかもしれん。おかしな奴らが来たら、すぐに連絡してくれ。それから、ポケットにはいつも武器を入れときな」

「わかりました。それじゃ、次の連絡は――」

子供のように興奮する晃一の様子をしげしげと眺めて、走馬は、

「すぐに入れるよ。しかし、これだけ喜んでもらえりゃ、義姉さんも戻って来た甲斐があったってもんだな」


晃一が店へ戻ると、走馬は得意げに振り返り、

「いいぜ」

と声をかけた。

「あン!?」

せつらの黒い後ろ姿は、電柱の陰から三メートルも向こうを歩いていた。

「待ちやがれ」

追いかけて肩を摑もうとしたら、ひょいとかわされ、指は空気にめり込んだ。

「どなた？」

と、せつらはつっけんどんに訊いた。

「何がどなただ、澄ましくさりやがって。おい、おれのほうの仕事はほとんど終わったぞ。どうだ、口惜しいか？」

「義姉《あね》と弟《おとうと》ね」

と、せつらはハンバーガー・ショップの方を向きながらつぶやいた。

「――よくある話だ。危ない」

「どうしてわかった!?」

と、走馬は顔じゅうを口にして叫んだ。矢来町で彼に巻かれた妖糸が、財前晃一との会話を、微細な振動を通して、この美しい若者に伝えているなど、信じ難いことであった。

「ま、いろいろと」

せつらは口笛を吹いた。調子っぱずれのメロディは、おまけに嗄《かす》れていた。

「面《つら》がよけりゃ、何でもできるなんて増長するんじゃねえぞ、色男」

と、走馬は歯をがちがちと噛み合わせて恫喝《どうかつ》した。

「この仕事はおれのだ。てめえが何のつもりで首を突っ込んだか知らねえが、おかしな抜けがけなんぞしたら容赦しねえ。てめえの店をせんべえごと丸焼きにしてやる」

「君を解任する」

「なにィ？」

「――と陣内さんから連絡がいくだろう。業務は僕が受け継ぐ」

走馬の眼が血の光芒を放ちはじめた。

「てめえ——何を小細工しやがった？」

口もとへ優雅に手を当てた仕草は、女なら残らず失神しかねぬ艶《つや》っぽさがあったが、この場合、走馬は激昂した。

「そんな」

「野郎！」

ごお、と唸り飛ぶパンチを、せつらは軽く飛んでかわしたが、空中で鳩尾《みぞおち》のあたりに鈍い音が響くや、声もなく呻いて、着地のバランスを崩した。

「痛《つ》う」

走馬は拳を大きく振って、

「どうでえ、おれの〝気拳〟は？　五メートル以内なら、どこへ逃げても追っかけてくぜ」

鳩尾に手を当てたまま、せつらは要求した。顔色が青い。

「暴力はいけない」

「何言ってやがる。しばらく、病院でゆっくり静養しなよ、ナンバー1。おれたちにゃ、休息が必要さ」

達人による気の放射は硬質のパンチの衝撃とは異《こと》なり、内臓の深部まで広がり、通常、二、三週間は回復不能のダメージを与える。

ぐいと拳を引いた巨体が、不意に黒く染まった。

振り仰ぐ眼《まなこ》に映ったものは、細長いヘリの底部であった。ローターに消音器を取りつけた無音へりは、〈区外〉では違法だが、〈新宿〉では平凡な乗り物にすぎない。風が四方を叩き、夕暮れの街路に砂塵が乱舞した。

走馬の足下に、ばばっと青い火花が散らばり、彼は肩を押さえて道の奥へと走り出した。

へりも胴震いするみたいに震動し、一気に追っていく。

H&K《ヘッケラー・アンド・コック》社の自動ライフルを構えた男が、窓から顔を出し、せつらに片手を上げた。「深夜興業」のメンバー——きしあ捜索の依頼に来た酢漿草の配下のひとりだ。空からも走馬を捜していたとみえる。

へりと走馬と銃声が遠ざかってから、せつらは立ち上がった。

鳩尾の周囲が異常に冷たく重い。下半身は鉛に変わっている。

銃撃のせいで逃げ隠れていた通行人が現われ、せつらに近づいた。達磨《だるま》みたいに太った中年女が、若い女の子たちを押しのけて、

「ねぇ、大丈夫?」

と黄色い声をかけた。

「何とか」

これは大変だと、せつらは立ち上がり、すぐによろけた。

「いやン」

と、女が支えようとするのをかわして、よろよろとハンバーガー・ショップの方へと歩き出す。背後でどでん、と音がした。せつらにかわされた女が、地べたにてんこ盛りになったのであ

る。

自動ドアを抜けて入ると、カウンターの向こうにいた晃一が、おや、というふうな笑顔を見せて、しかし、すぐ、

「どうかしましたか？」

と、異変を察した。

「水をください」

と、せつらはカウンターに近づいて言った。

「どこかお悪いんですか？」

若々しい女の声がカウンターを廻って、せつらのかたわらで止まった。十七、八と思《おぼ》しい娘が、頬を赤く染め、心配そうな視線を注いでいる。

「持病の癪《しゃく》が。——薬を服《の》まなくちゃ」

嘘っぱちを真《ま》に受けた娘が青くなってカウンターの向こうへ戻り、水を持ってくると、せつらはその間に、コートの襟裏に留めてあった代謝調整薬のカプセルを嚥下《えんか》した。以前、気砲の技を使う相手と戦って懲《こ》りて以来、持ち歩いている常備薬だ。調合はメフィスト病院である。

走馬の一撃の感じからして、全治一五分だと踏んだ。

「大丈夫ですか？」

まだ不安そう、というより、うっとりと覗き込む娘へ、

「ありがとう。助かった」

と、半分ほど残っているグラスを返す。

「あ」

と言ったきり、娘はおろおろしていたが、何のつもりか、グラスを口に当てると、一気に飲み干してしまった。

「瑠美《るみ》ちゃん」

と晃一に肩を叩かれ、娘はわれに返ったが、まだ、とろけるような眼差しを隠さない。

「こんな人がいたんじゃ、商売にならないな。——奥で頭を冷やしといで」

反射的に、娘は、

「いや」

と首を振ったが、晃一の静かな眼差しに気づくと、あっと眼をしばたたいて、

「行ってきます」

別の意味で真っ赤になって歩み去った。

「困りますよ、お客さん」

と、晃一は苦笑した。

「で、何が訊きたいんですか？」

「はは」

と、せつらは苦笑して、

「お義姉さんのことを」

単刀直入に言った。

「待ってください」

と、晃一は自動ドアの方へ行くと、壁にかかっていた「本日休業」のプレートを内側から貼りつけて、せつらの席へ戻った。

「今日は客も少ないし、兄貴も入院した。ゲンが良くない日は早目に切り上げましょう」

「はあ」

と、無感動この上ない美貌へ、

「兄貴が入院した日に、義姉さんの消息が判明する。――これも因縁でしょう。おれは、さっき、走馬さんより、あんたに話す運命だって気がしました。――何でも訊いてください」

「どうも」

と、せつらは鳩尾を押さえた。窓から射し込む青い光の中に、苦しげな美貌は、影の多いスペイン人の絵のように妖しく浮かんでいた。

6章　緋《ひ》色《いろ》の魔物

1

誰が顔をしかめて見せても、雪は暗い空から舞い落ちてきた。この街の空気には、単なる水の結晶を塩のように変える成分でも含まれているのか、いちど肌や衣地に降りかかった雪は、強く払っても容易に落ちなかった。

長いこと雪の下を傘もささずに歩いている人々——たとえば、夢遊病者やホームレスや、ホテトルのビラ貼りなどは、それこそ雪魔人のように見え、出合いがしらの通行人をひどく驚かせた。

積もった雪の一部は時折り、青白い燐光を放った。得体の知れぬものがいる印だと、人々は慣れた足取りでそこを上った。もっと反射神経が鋭く、冒険好きの子供たちは、光る雪が道の真ん中なら、二、三〇歩離れたところから疾走してこの真上を跳び越え、誰がいちばん低く跳べたかを競った。

雪が道の端などにあって跳べない場合は、遠くから長い棒で光輝部を探った。静かに埋没していく棒のどこかに、突如、鋭い衝撃が走る。大急ぎで抜くと、棒の材料が何であれ、それは肉食獣の牙で咬《か》み折られたような戦慄的な切断面を示しているのだった。

唯一の救いは、光る雪が動きというものを知らないように、その場に留まっていることだった。この街は美しい雪の通りでさえ、安全ではないのだ。

だが、いま、点々と月か星かが埋もれたような光を放つ白い通りを、黒い美しい影がゆく。風はない。

舞い落ちる雪片は、漆黒《しっこく》の髪に、コートに、ほとんど無雑作に触れてゆく。それは、ねっとりと貼りつくはずなのに、なぜか、北の国の雪みたいにせっかちに滑り落ちてしまうのだった。

この若者は別格だというがごとく。

この人に、自分は勿体《もったい》ないと思っているように。

四谷《よつや》税務署にほど近い三栄町《さんえいちょう》の一角で、秋せつらは足を止めた。

〈新宿〉にまだ数多く残る廃墟のひとつが眼前に広がっていた。

コンクリートの基部、崩れた壁とうねくり出た補強鉄骨、のしかかる天井兼床の一部——昼間、陽光の下であれば、死と破壊の証明でしかないそれも、白雪に覆《おお》われた深夜は、この世界の外の芸術家が精魂をこめた奇怪で優美なオブジェのように見える。

雪を踏んでせつらは死の領土へと入り込んだ。瓦礫《がれき》の山を幾つも過ぎると、天井が斜めにのしかかった一角が現われた。

崩れかけた壁が、ぎりぎりで支えている。バランスの絶好の一例と感心するよりも、見ているうちに、頭上からのしかかる重圧に耐え切れなくなって、その場に倒れ伏す人々もいるという。

現に、雪と瓦礫の間にまぎれて、確かに人骨らしいものが見えた。

降りつづく雪の彼方《かなた》の黒い洞へ、せつらは眼を凝らした。仄白く揺らめく光は電子灯のものだろう。

冬の旅人が暖を取るささやかな焚火《たきび》のようにそれははかなげに揺れていた。

せつらが天井の下へと足を踏み出そうとしたとき、胸の奥にかすかな振動が伝わった。

足を止め、せつらはうすいチョコレートのような携帯電話を取り出した。

「こんばんは」

それは、恐らく、五〇メートルと離れていないところからの、きしあの声であった。

「どうも」

「これから休むところよ。成果はどう？」

「ありました」

途切れた声が驚きを告げた。せつらは、のんびりとつづけた。

「ご主人は目下、メフィスト病院に入院中です。遺憾ながら、冷血な院長により、面会は禁じられました」

せつらは返事を待った。

「主人って言ったの？」

その響きが当たっただけで、崩れてしまう玻璃《はり》の玉でもあるみたいな、こわごわとした声が訊いた。

「はい。あの写真を見せて、弟さんが確認されました」

「私の夫なのね？」

「間違いありません」

「入院は――重病なの？」

「かなり重いと聞いています。ただ、二、三日は保《も》つでしょう。院長は根性悪ですが、名医です」

「その人の名前は、何というの？」

「財前賢一です。弟さんは晃一」

ひと呼吸置いて、

「私の――名前は？」

「百合子《ゆりこ》。百合の花の百合」

「いい名前ね」

「ソロモンの栄華も及びません」

きしあ――財前百合子は沈黙した。せつらの声にやさしさを感じたような気がして、驚いたのである。

「お話ししなければならないことが幾つもあります。――伺《うかが》ってよろしいでしょうか？」

「待って」

きしあ――百合子は断ち切るように言った。

「ごめんなさい。――あなたの話が聞きたい。死ぬほど聞きたいのだけれど――明日の手術まで待ちたいの。説明しにくいけど――自分で憶い出したいのよ」

穏やかだが、霏々《ひひ》たる雪も溶け尽くさんばかりの熱い、切実な叫びであった。

「はあ」

と、せつらは応じた。

「明日——手術が終わったら、失敗にせよ、成功にせよ、病院へ行きます。行って——夫に会うつもり。それまで待ってくださいね」

依頼人の口調が、はじめて、平凡な女のそれに変わっていることに、せつらは気づいたかどうか。

「わかりました」

と応じた声は、依頼人の要求には従うが、その運命にはさして関心がないと告げているようであった。

「お寝《やす》みなさい。明日、また」

「どーも」

せつらの返事から礼儀正しく間を置いて、電話は切られた。

「明日、また」

と、せつらはつぶやいた。それが〈新宿〉ではけっして意味を持たぬ言葉のひとつであることを、美しい若者は知り抜いているのだった。

きしあの仮住まいは質素なものであった。

デパートで買い求めた電気マットと毛布をコンクリの床に敷き、視界は赤外線ゴーグルで補《おぎな》っている。

周囲にはそれなりの防御策も講じてある。

確かに接近者用の超小型レーダーと、それが発する電波を増幅して手首に伝える刺激増感リスト機能していたのに、きしあは揺り起こされるまで眼を醒まさなかった。

愕然と跳ね起きた刹那《せつな》、眠気は飛んでいる。

足下に身を屈《かが》めて、彼女を見つめている人影は、赤外線の赤い視界の中でも、精悍そのものの表情と雰囲気を漂わせていた。

「あなたは、誰？」

百合子の右手には拳銃《MPA》が握られていた。

「そう怖い顔すんなよ」

と、男は面白そうに言った。仄かな柑橘系《かんきつけい》の香りを百合子は嗅《か》いだ。オーデコロンだろう。ダークブルーのトレンチに、赤いネクタイを結んだ男は、大した洒落者《しゃれもの》らしかった。

「できたら、電子灯をつけてくれないか。〈新宿〉の女の美貌を拝ませてもらいてえな」

「誰？」

きしあの銃口が微動だもしないことに気づくと、男の眼の奥に、小さな光点が点《とも》った。

「緋鞘《ひざや》ってんだ。よろしくな。つい一時間ばかり前に、香港《ホンコン》からやって来たところよ。――職業は、ま、勘弁しろや」

「何をしにここへ？」

ただの浮浪者でないことは、一年間、プロの殺し屋として過ごしたきしあに気づかれもせず、寝姿を見物したことで明らかだ。

だが、その名を聞いて、きしあは何も感じないのか。それは、三十郎とあおいが、恐怖に身を震わせながら、口の端《は》に乗せた次男の名前ではないか。

きしあの銃を、さして恐れているふうも見せず、緋鞘は、

「香港から一時間で着いたのはいいが、おれの好きな冬の夜でな。お散歩と洒落こんだわけさ。こんな律儀な恰好はしてるが、おれはベッドなんぞより、地べたへ寝るのが好きな性質《たち》でな。それと、廃墟だの洞窟だのを見ると、入りたくてたまらなくなるんだ。ホテルにゃ荷物だけ預けて、寝場所を探してうろついてたら、たまたま、ここを発見したってわけだよ」

「いいご趣味ね」

と、百合子は微笑して、

「でも、私は見ず知らずの男と同衾《どうきん》する趣味はないの。出て行ってくださらない？」

「そう言うなよ。これだけ広いんだ。相身互《あいみたが》いって言葉もある」

「お寝みなさい」

百合子は銃口を緋鞘の眉間へ向けた。殺意を知らしめるためである。緋鞘は肩をすくめた。

「わかった、わかった。おっかねえ街だな、ここはよ」

立ち上がって、きびすを返した。

その両肘の裏から小さな雷鳴と炎とが迸《ほとばし》って、百合子の左上腕をかすめた。

衝撃で腕のみか身体まで吹っ飛んだところを見ると、マグナム弾なみのパワーを有する弾丸だったにちがいない。

三メートルも離れた床の上から百合子が起き上がったとき、男は彼女の方ではなく、やって来た出入口の方を向いていた。この男なら、いまの一弾が必ずしも、百合子の戦闘能力を奪ったことにはならないと悟っているだろうに、傲慢《ごうまん》とさえいえる余裕があるのか、それとも、仄青い雪光を背景に立つ黒衣の影の美しさに、魂を奪われたか。

百合子が叫んだ。同時に緋鞘も同じ名を口にした。

「秋せつら」


まさしく、それは、数時間前、百合子と会談して立ち去ったはずの秋せつらであった。だが、いまはどうしてここへ？　どんな理由からにせよ、あまりにも偶然だ。

「へえ」

と、緋鞘が精悍な顔に、難儀なクイズをようやく解いたような表情を浮かべた。

「このおれに銃を向ける奴は、両手足に一発ずつ射ち込んでやるつもりだったんだが、邪魔が入った。この世のもんじゃねえ色男と聴いているから一発でわかったが、そうかい。すると、この姐《ねえ》ちゃんが、あおいの相手かい」

緋鞘がせつらの名前を呼んだことで、その正体を看破した驚きの相を浮かべていた百合子が、一瞬、身を震わせた。

「こんな色男には、名乗ったほうがいいだろうな。——おれは夏柳緋鞘——通称ジョニーだ。できれば通り名で呼んでくれ」

こう言うと、彼は左手で右の肘を撫《な》でた。肘関節部に仕込まれたマグナム・ガンは、せつらが放った妖糸のせいで骨ごと断たれて地面に落ちているはずであった。間一髪で、百合子の腹を狙った弾丸は肩へとそれたが、腕は落ちなかった。

「やっぱり出てきたね」

とせつらは、降り積む雪片音さえ聴こえるような低声で言った。

「夏柳緋鞘——夏柳殺人ファミリー〝緋の天使〟の次男。人呼んで〝死の大天使〟」

ああ、せつらは知っていた。だが、死の大天使——殺人天使ともいうべき一家の中で、大天使と呼ばれる次男とは。

「よく知ってるなあ。——あんたみたいないい男に覚えててもらえたなんて光栄の至りだぜ」

「みんな、おまえのことを忘れたがった」

と、せつらは茫洋と言った。

「生み落とした〝ウイッチ〟夏柳志保——母親でさえ、おぞましい性癖のおまえを見捨てた。兄妹もこの名をタブーとして封じた。血のつながりを隠したいと願って。恐らくおまえを放逐してから口にしたこともないだろう。だけど、この街なら歓迎するよ。ようこそ〈魔界都市〉へ」

緋鞘は身を震わせた。せつらの挨拶《あいさつ》に怯《おび》えたのか寒いのか。いや、引き歪んだ顔がちがうと言っている。それは歓喜の表現であった。

「まったくだ、まったくだ。おれはついてるよ。こんなにも早く、重要人物に会えたんだからな。――愛《いと》しい獲物によ」

彼はつながった右手切断部分を軽く揉みながら、

「じゃあ、今ここで始末を――と言いたいが、軽く腕ならしをさせてもらおうか。本命の勝負は、近いうちにってことでよ」

こう言って、津々《しんしん》と雪の積もる冬の晩、死の大天使は、黒衣の美しき魔人に、天使もかくやと言わんばかりの微笑を投げかけたのであった。

2

美しくもおびただしい侵略者のように降りつづく雪の下で、〈魔界都市〉にふさわしい決闘が繰り広げられようとする前に、ある変化が地上に生じていた。

あちこちに電球でも埋めたみたいに仄光る雪、その下に怪生物でも潜ませているのか、或《あるい》いは雪自体がそうなのか、妖しく息づくみたいに点滅を繰り返す雪は、三人の男女がいる奇怪な宿の外に広がっていたが、そこへ幾つかの足音が荒々しく入り乱れながらやって来たのである。

その主は、三人のたくましい男たちであった。職業は身体つきにふさわしい凶相から知れる。

――暴力団員だ。

全員、身体じゅう血だらけで、ぱっくりとはぜ割れた刀傷、弾痕、レーザーによるらしい火傷《やけど》

——と傷痕の博物館だ。〈新宿〉に生きるゴロッキでなかったら、とうの昔に出血多量で死んでいるだろう。三人とも少なくとも過去に二回は心臓が停止し、魔道師の蘇生術の世話になってい
る上、内臓の半分は人工器官である。

三人は瓦礫《がれき》の隅に身を寄せ、ひとりが、

「どうだ、まだ来るかい？」

と訊いた。

「うるせえ、黙ってろ！」

と最後尾の男が、やって来た方角の闇を透《す》かしながら、

「来るぜ」

凶暴さと怯えのミックスされた声で答え、尋ねた男へ、

「救援は呼べねえのかよ？」

と質問を返した。その男はさっきから、手にしたハンディフォンをいじくり廻していたが、

「駄目だ。奴らの妨害ゾーンから出てねえんだ」

「だったら、やるしかねえ。おい、あの廃墟の中で迎え討《う》とう。なに、返り討ちにしてやらあ」

こう叫んだ三人目が、もっとも胆《きも》がすわっているようだ。その指示に従って、残る二人も、明
滅する雪を避けつつ、一目散に彼方の廃墟へと走り出した。いままさに、秋せつらと夏柳緋鞘
——魔人対大天使の対決が繰り広げられんとしている魔域へと。

だが、運命の女神に微笑《ほほえ》まれたのは、彼らのうちのひとりにすぎなかった。

黒々と開いた出入口へ、あと約一〇歩というところで、先頭の男より五メートルほど遅れた二人の前へ、その頭上を黒々と越えて、奇怪な構造物が降下したのである。

積もった雪が舞った。舞いはしたが、それは三人組が蹴立てる量よりも少なかった。

構造物——といったが、二人の男——と先頭のひとりが振り返って見上げる姿は、まさにそう表現するしかない。

基本的には三メートルほどの鋼《スチール》製の長管を地上二メートルと三メートルの位置に横に置き、その中心から縦に三メートルの、これも鋼管を貫通させて、横置きの鋼管の両端に五個の関節つきの腕《アーム》無限軌道《キャタピラー》を内蔵させた脚部とを取りつける。

モーターと駆動装置は腰部のボックスに収納し、各部へ動力を伝えるワイヤーやコードはすべて、拳銃弾や小口径ライフル弾ではびくともしない強化ポリエチレン・カバーに包まれている。

操縦者の席《シート》は頭部に設けられ、高分子ガラスと重合鋼板で保護されたそこから、腕と胴と脚部とに取りつけられた、二〇挺の七・六二ミリ軽機関銃と一〇基——各二〇連——計二〇〇発の小型ミサイル・ポッドに発射の指令が送られ、三人のやくざどもをここまで追い詰めてきたのであった。

あちこち色褪《あ》せてはいるが、この自走歩兵ともいうべきメカの表面には、赤や黄色のペンキが塗られ、稚拙ながらグラマー美女のヌードが機体も描かれて、製作者か操縦者はなかなか洒落っ気があるらしい。だが、操縦席の分厚い高分子ガラスの向こうから地上の暴力団員を睥睨《へいげい》するパイロットの眼差しは、残忍冷酷な色ばかりを湛《たた》えていた。

「畜生」

前をふさがれた二人組が、手にしたイングラムMACBと、キャリコPM250を乱射した。全自動《フルオート》射撃特有の紫の炎がふくれ上がり、雪片を吹き飛ばした。操縦席とメカ・ボックスを狙ったのはさすがにプロだが、対人用の拳銃弾はことごとく、火花と美しい音を立てて撥《は》ね返った。それに混じるべき空薬莢《からやっきょう》の落下音は、雪の褥《しとね》に吸い取られて沈黙を選んだ。

「ぶゎあかもン」

二人の頭上へ、スピーカーを通したパイロットの声が、神の嘲笑のごとく降ってきた。

「いい加減にあきらめろ。おめえらはここで死ぬんだ。ボスの天藤《てんどう》もさっき始末した。ちっぽけな縄張《しま》で小銭を稼いでいりゃあいいものを、うちのボスを狙おうなんて、身の程すぎた欲を出すからこの様《ざま》よ。さっさとくたばりやがれ！」

叫びが終わる前に二〇挺の軽機が火を噴き、死の恐怖に硬直していたやくざを肉と骨のミンチに変えてしまった。

「残りはひとりか」

パイロットが振り向くと、その顔の動きに合わせて操縦席も後ろを向き、彼は自走歩兵をやすやすと反転させた。

一五トンの自重がコンクリの地面に当たる衝撃は、全身数十カ所の関節部に緩衝させ、骨格に幾ばくかのメカニズムをくっつけただけとしか思えない鉄人は、がしゃんがしゃんと、お馴染《なじ》みの音を立てながら、最後の犠牲を求めて、巨大な洞《うろ》の入口へと歩きだした。

「助けてくれえ」

身も世もない大声と人影が駆けつける前に、三人とも外の異常事には気づいていた。

揃って、そっちを見た。この隙《すき》に攻撃を――と考えるような凡人には程遠い三人であった。

血まみれの男がひとりの腰にすがりついたとき、入口から自走歩兵がやって来た。

四人を認めるや、軽機が数挺、火を噴いた。

百合子とせつらが跳びのき、三人目――緋鞘とやくざの足元のコンクリートが粉砕された。

わざと外したから、無関係の奴は逃げろという合図ではない。跳びのかなければ、せつらも百合子も蜂の巣だ。

「さあ、覚悟しな。〝深夜興業〟に逆らった報《むく》いだ」

この警告にも、緋鞘に対する思いやりは破片《かけら》もない。

いきなり射った。電子照準は正確であった。二〇挺分――一秒間二〇〇〇発の七・六二ミリ機銃弾は緋鞘を文字どおり分解するはずであった。

だが、見よ。精悍な若者の顔にも胸にも弾痕は開かぬではないか。灼熱の弾頭はことごとくその衣服の上で、肌の表面で方向を変え、床や壁に当たっては小さな火花と音とを製造する。だが、肝心《かんじん》の緋鞘には傷ひとつつけることができないのだ。

約五秒、狂気の乱射をつづけてから、パイロットは正気を取り戻した。

こいつに機銃弾は効《き》かない。なら、これだ。

指がミサイルの発射ボタンに触れ、力を加える前に、ヘルメット内蔵ゴーグルのスピーカーが、外の声を伝えてきた。標的の男がつぶやいたのである。

「おれに銃を向けたな」

「しゃらくせえ」

ミサイルは三連射された。照準は男の胸部。三すじの炎と白煙が吸い込まれたと見えた瞬間、男の右手がその行く手をふさいだ。と見る間に、ふたすじのミサイルは方向を転じるや、自走歩兵の方へ、頭部操縦席へと吸い込まれたのである。パイロットは為《な》す術《すべ》もなかったろう。二度、木っ葉微塵《みじん》にされた頭部などには眼もくれず、破片を防ぎもせずに、緋鞘は後方を向いていた。

彼の手に触れたミサイルの最後の一発が、せつらの方へ向かったのは偶然であるはずもなかった。

爆発は起きず、ふたたび戻ってきたミサイルに、彼は眉を寄せて、一歩後退した。火花が眼と鼻の先を通過し、外の瓦礫を粉砕したときも、三人は——プラスひとり——もう一度、彼らだけの世界に戻っていた。

「邪魔が入っちまったなあ」

と、緋鞘は背中に廻って難を逃《のが》れたやくざを、上体をひねって見下ろした。虚《うつ》ろな——死人みたいな顔つきをしたやくざの足下から、黒い染《し》みが広がっていた。

「どうやったんだい？」

と、緋鞘がせつらに訊いた。自分が仕向けたミサイルの方向を、どうやって変えたのかという意味である。

「そっちは？」

奥の闇が美しい声で訊いた。

「企業秘密さ」

「右に同じ」

「またってことにするか。一応、お互い挨拶はしたしな。そっちのご婦人にも」

拳銃をこちらへ向けている百合子へ、軽いウインクを送って、彼は外へと歩き出した。せつらと百合子が攻撃なんかしっこないと、信じ切っているような姿であった。生命を救われたやくざも、夢遊病者かツェザーレみたいに後につづく。

ぐいと伸ばした百合子の左手を、

「およしなさい、無駄です」

と、せつらの声が抑《おさ》えた。

「そうしなよ。――また、な」

歩きながら緋鞘は、頭部を失った自走歩兵の脚部を拳《こぶし》で叩いた。二つの影は雪明かりの向こうへ消えた。

「どうして止めたの？」

百合子はとがめるようにせつらを見つめた。

「効くと思いますか？」

「いいえ。でも、あなたの武器なら」

「やです」

「どうして？」

「試して切れないと傷つきます」

「そう思ったの？」

「ええ」

失敗が怖くて切れなかった。せつらはこう言っているのか？

「とんでもない奴が来たものね」

百合子も本音である。

「いつでも私たちを斃《たお》す自信があったから、今夜は別れたのね。次は外さないって」

「ええ」

のんびりした返事が、百合子の昂《たか》ぶりを和《やわ》らげた。全身の力を抜いて、

「あなたは、どうしてここへ？」

「あいつの後を尾《つ》けまして」

「尾行していたの？」

百合子は、信じられない、という表情になった。

「ええ。そこから」

　せつらは出入口の方へ顎《あご》をしゃくった。珍しい仕草だが、美しいから様《さま》になる。

「そこって？　――外にいたの？」

「ええ」

「どうして、ここにいるのがわかったの？」

「企業秘密です」

　百合子はじっと、美しい若者を見つめた。不思議と恍惚感は押し寄せてこなかった。代わりに、静かに、別の感情が女の胸を満たしていった。

「ずっと見守っていてくれたの？　雪の降る中で」

「見張りですけど」

「ありがとう」

「どーも。――あ」

　白い頰から唇を離して、百合子は眼を伏せた。いま、見つめられたりしたら。

　いきなり、腰に腕が巻かれた。

　まさか、と思った瞬間、二人は宙を跳び、その後ろ、三〇センチと離れていないところを、巨大な影が滑走していった。

　自走歩兵は一気に三〇メートルほど突っ走り、斜めに傾《かし》いだ天井に上体をぶつけると、ディスコ愛好家みたいに斜めに旋回して、やがて、横倒しになった。

　天地をゆるがす地響きが鎮《しず》まってから、

「どうして？」

と、百合子が訊いた。

「興奮したんでしょ」

せつらの答えは、無意味だが真実を突いているように、百合子には思われた。

「これから、どうするの？」

と訊いた。

「ご希望がありますか？」

「朝まで守っていてくれるんだったわね。――まだ、その気はある？」

「ええ」

「なら、お願いするわ」

「はあ」

とせつらが答えた途端、百合子の身体は予備作動もしないで寄り添ってきた。

せつらが肩に手をかけて支えようとすると、すぐに起き上がって、

「ごめんなさい。――安心してしまったらしいわ。情《なさ》けない話」

せつらは女の左肩へ眼をやり、

「止血しましょう」

と言った。口調からすると、虫刺されといった感じだが、百合子の腕は肘から肩まで朱《あけ》に染まっている。

「場所を変えます？」

と、せつらが訊いた。銃声や自走歩兵の転倒音を聴きつけて、警察はともかく、近くの妖物がやって来るかもしれない。百合子の血臭も広範囲に広がっているはずだ。

「そのほうが良さそうね」

百合子もうなずいた。その顔に雪が打つみたいに吹きつけた。風が出てきたらしい。

3

パトカーと機動警官がやって来たのは、それから約二〇分後であった。

鑑識の一派がやって来て現場検証を行ない、付近を捜索してから、立ち入り禁止のテープを廃墟の周囲に張り巡らせて去った。自走歩兵の引き取りは明日になる。修理して警察用に使うよりも、解体処分のほうが遙かに安くつくと、技術鑑識課員のひとりは断言した。

その声を、せつらは廃墟の地上に走らせた妖糸を通じて聞いた。

百合子と彼——二人は同じ廃墟にいた。現場から百メートルと離れていない瓦礫の山と山との間に壁の一部が横に突き出て、雪を凌《しの》ぐ天井になっている一角があった。

せつらは別の場所を思案していたようだが、遠くまで行くのは辛《つら》い、それに、警察が検証した場所なら、〃緋の天使〃の生き残りも、物騒な連中も来ないだろうと、百合子が提案したのである。夜明けまで二時間足らずと、せつらも了承した。

霏々と熄《ひひ》まぬ白雪の下の石壁、そのまた下で、二人は肩を寄せ合うように、腰を下ろし、膝を抱えた。離れようとするせつらを、そばにいて、と百合子が止めたのである。

電気マットと毛布は先刻の戦いで破損し、漏電の恐れがある。天井はあっても風に乗って吹きつける雪は、二つの身体をたちまち白く染めた。二人は道に迷い、ひたすら夜明けを待つ孤独な旅人のように見えた。

「久しぶりで、びくついているわ」

と、百合子が曲げた膝頭に顎を乗せて言った。せつらの方を見ずに、

「何人殺したと思う、私？」

「さて」

「五〇人以上になるわ。〝ウィッチ〟に仕込まれた記憶強制装置が壊れても、その記憶だけは鮮明なのよ。殺した相手の顔もみんな覚えているわ。私に殺される寸前の表情も。でも、勘違いしないで」

「何を？」

せつらはどうでもいいような調子である。彼の成果がどうであれ、その仕事ぶりを一から十まで観察すれば、どう見ても、依頼主に対して親身になっているとは思えまい。

百合子は、ちら、ととがめるような視線を美しい横顔に与えて、

「私、後悔してはいないのよ。殺す相手の名前さえ知らないときもあったもの。知ろうともしなかった。仕事には邪魔だと思ったのよ。だから、誰を殺すときも手なんか震えもしなかった。そ

れがどう。いまは、必死で身体じゅうが震えるのをこらえてるわ」

「血が少ないからですよ」

かすり傷だから、移動したときにはもう出血は固まっていたが、それまでかなり出た。とはいうものの、百合子の告白の苛烈さを理解すれば、こんな台詞《せりふ》は出てこないはずであった。

百合子は気にしないことにしたらしい。気を削《そ》がれたのかもしれない。

「何が怖いのかわかる？　自分が柄《がら》にもなくいい女性《ひと》だったらどうしようかと考えているのよ。腕利《き》きの女殺し屋の正体が、じつは平凡な良き妻だったなんて、ジョークにもならないわ」

その眼もとに雪片が止《とど》まり、すぐに溶けた。雪は涙のように頬を伝わった。

「この街では、一秒だって気が抜けないのね。さっきの一件でやっとわかったわ——夜明けまで生きていられるかどうか。私が誰なのか、あなたは知っているのよね」

せつらは無言であった。茫洋たる表情の中の瞳だけが、仄《ほの》光る雪を映していた。天上の美貌を雪は避けているようであった。

「訊いたら、教えてくれる？」

「依頼人はあなたです」

沈黙が落ちた。百合子はそれ以上、口を開かなかった。この街は、いかなる感情も受け入れる場所ではなく、かたわらの美青年は、そこの住人なのだった。

風が唸り、百合子はコートの襟もとを合わせた。こんな声が聞こえたような気がしたが、風の音だったのかもしれない。

「夜が明けたら」

その言葉を、百合子は胸の中で繰り返した。

この街にも夜明けは来る。それからだ。そう思った途端、急激な睡魔が襲い、身体がゆるやかに傾いた。

肩にもたれた女の顔を、せつらはそっと押しのけようと額に手を当てながら、白い顔へ眼をやった。

頭が見えた。

髪の毛の一部が不自然な毛並みを示している。傷はその下であろう。白が混じった。雪片であった。

百合子の額から手が離れた。肩にかかる重さを、せつらは無言で支えた。影は寄り添った。夜が明けるまで。

雪は熄《や》まず、東の空は白みつつあった。


九時まで一〇分を残して、二人は「大逆医院」へ着いた。

そこに待ち受けていたのは、破壊され尽くした病院と、累々《るいるい》たるスタッフの屍《しかばね》であった。

「いったい――誰が？」

呆然と立ち尽くす百合子を待合室に待たせて、せつらはひとり医院内の点検を行なったが、やがて、彼女を呼んだ。

大学病院もかくやと思われる豪華な手術室に、息絶えた看護婦たちに混じって、大逆院長が倒れていたのである。

腹を射たれているがまだ生きていた。

他の犠牲者はすべて顔面と頭部を射ち砕かれていた。肉や骨の四散の仕方が散弾とは異なる。

膨張係数の異様に高い拡張弾を使用したものだろう。拳銃サイズの九ミリ弾頭で、雄牛の頭部さえ吹き飛ばしてしまう狂気の弾丸は、発売初日で販売禁止処置を食らい、いまでは〈新宿〉でしか手に入らない。

「全員、頭部ね。拡張弾を使ったにせよ、一発で当てているわ。射撃の天才の仕業《しわざ》よ」

次につづくべき声が、無惨な犯人の名を無言の裡《うち》に告げていた。

その男が、自分に知られず、なぜ、この病院を訪ね、凶行に及んだのか、せつらは考えていた。緋鞘の身体には妖糸を巻いてあったのだ。それとも、別人——旧式のレバー・アクション・ウィンチェスターを持っていた〝ポーキー〟——夏柳三十郎か。

「私を苦しませるためね」

百合子は薬棚を調べているせつらを見ながらつぶやいた。

でなければ、わざわざ院長にのみ、腹部へ通常弾を射ち込むはずがない。

どちらにせよ、手術は無理と考えねばならなかった。

低い声が、二人の注意をそちらに向けた。

「よく来たな……それじゃあ、はじめるか？」

「大逆先生!?」

床に横たえられた医師は、蠟《ろう》のような色をした顔に、苦悶とも笑いともつかない笑《え》みを浮かべていた。

「やるんですか?」

と、せつらが訊いた。普通なら、まず先生の手当を、とか、救急車を呼びますとか言うだろう。

「そのつもりで、強心剤を探してたんだろうが」

と医師は、せつらの右手の箱へ眼をやった。

「でも、両手も折られています」

百合子が、はっとなった。

「念入りにやりやがったな、あのサディストが」

「どんな奴でした?」

百合子は思わず訊いた。

院長の語った風体《ふうてい》は、まぎれもなく緋鞘のものであった。

「でも、どうしてここがわかったの?」

「楊博士でしょう」

拷問された、と百合子は判断した。三十郎かあおいにだ。奴らが緋鞘にここを告げたにちがいない。

「安心しな、姐さん、おれも医者だ。患者との約束は死んでも守るさ。——おい、あんた、床に散らばったガラス箱の中に、ひとつだけ無事なのがあるだろう。……その中が歪みだ。他の薬と混ぜて置いてあったから、奴もここまでは……わからなかった。——おい、おれにピンセットをつまませろ」

「ええ」

せつらは言うとおりにした。

腕は肩と肘で折られていた。

「いいか、おれは自分じゃ何もできねえ。おめえの指に頼るしかねえんだ。ついでに看護婦もやれ」

「は？」

さすがに、せつらも眉を寄せた。

「愚図《ぐず》愚図すんな。あの野郎——手術にぎりぎりの体力だけは残るように射ちやがった……。つくづく、とんでもねえ野郎だぜ。あんた、勝てるかい？」

「あ、はあ」

「仇をよろしく頼むぜ」

と、このとんでもない荒くれ医師は、呆然とこちらを見つめる百合子の方を見て、手術台へと顎をしゃくった。

「いま、この色男が麻酔をかけてくれる……なに、安心して眠りな。起きたらもう、会えねえがよ」

せつらにとっても、はじめての経験であったろう。

彼は医師の罵倒に耐えながら、かろうじて激痛のみが通う指に自分の指を重ねて、手術を強行させた。

レーザー・メスによる開頭、周辺部位への安定剤の注射、切開、記憶強制器の摘出と、欠損部の治療、そして、最後の大難関――摘出による脳全体の歪みを消去するための〝歪み〟の添付。

血臭ただよう室内に、白雪に攪乱《かくらん》されながらも冬の光が射し込み、やがて、蒼茫たる黄昏《たそがれ》が取って替わる頃、手術は完了した。

大逆医師の体内には弾丸が収まったままである。痛み止めも麻酔も、感覚が鈍るからといって許可しなかった医師へ、せつらは、

「お見事です」

とだけ言って報いた。

床に横たえるよう指示して、医師はにやりと笑った。すでに死人の相であった。

「驚いたぜ、若いの」

急に声が沈んだ。

「おめえみてえな指……はじめてだ……おれより凄え……いい医者か……美容師に……なれただろうに……よ」

すでに光を失った眼が、手術台の方を向いた。

「どっかで……また会ったら……手術の結果を教えて……くれ」

全身を弛緩《しかん》させた医師から、せつらは眼を離して百合子の眼醒めを待った。

メフィスト病院の一室で、夕暮れどき、感動的ともいえる出会いが繰り広げられていた。

店が終わってから駆けつけた、財前晃一が、ベッドに横たわる兄と対面したのである。

「手術は成功だってな」

晃一は静かに話しかけた。

兄――賢一はうっすらと眼を開け、

「ああ。もっと早目に受けときゃあよかったよ」

と応じた。意外としっかりした声である。メフィスト病院の実力か、もとからふっくらした顔には赤味が戻っている。

「言っといたほうがいいだろう――義姉《ねえ》さんは生きてるぜ」

ぶっきら棒な言い方には、思いやりよりも怒りがこもっていた。状況を考えれば、尋常な物言いとは言えなかった。

「百合子が？」

賢一の眼差しは、弟への意識が瞬間に消滅したことを物語っていた。こちらもまともとは言えなかった。晃一がそこを突いた。

「義姉さんが戻って来たら、そんな反応するなよ」

賢一は少しの間黙っていたが、大儀そうに頭を弟へねじ向け、

「どこにいる？」

と訊いた。錆《さ》びた歯車が嚙み合うような響きだった。

「まだだよ、じきに会えるさ」

こう言って、晃一は昨日の出来事を説明した。

「義姉さんは記憶を失ってる。近々手術をして、昔を憶い出してからやって来るそうだ」

「ここへか？」

「それはわからない。手術の日は教えてくれなかった。あの人捜し屋は優秀だよ」

「秋せつら」

と、賢一は嚙みしめるように言った。

「喜んで迎えてやれよ、兄貴――本当はちがうにしてもな」

「おかしなことを言うな」

賢一は弟を睨みつけた。

「あれは、おれの女房だぞ。死ぬほど心配してたんだ。――残念なのは、おまえのほうじゃないのか？」

強い光に射すくめられて、晃一の表情は一瞬、動揺したが、すぐに微笑を浮かべた。

「早く治ってくれよ。いくら戻って来ても、兄貴のいない家じゃ、義姉さんだって寂しいだろう」

がった。

「わかってるさ」

と、賢一は穏やかな表情になってうなずいた。それに満足したみたいに晃一は椅子から立ち上
がった。

「じゃあ、おれは行くよ」

「済まんが、店を頼むぞ」

「まかしとけ」

弟が出て行くと、賢一は眼を天井の一点に据《す》えた。ある強烈な意志がそこに凝集した。

「まかしとけ、か。まかしとけ、な」

一語一語が、触れると血を噴き出しそうな声であった。

7章　〈区民〉アラベスク

1

せつらと百合子が死の医院を出たのは、深夜近くだった。麻酔の切れる時間を過ぎても、百合子は昏々《こんこん》と眠りつづけたのである。せつらも起こさなかった。病院のドアには「本日休診」の札をかけてある。唯一、気になったのは、血臭を嗅《か》ぎつけてやってくる妖物の存在だが、この近所には、あまり鼻の利《き》く奴はいないようだった。

短い会話を交わしてから、二人は外へ出た。昨日の雪は熄《や》み、澄んだ夜空に浮かぶ半月は、自ら光りかがやいているように見えた。

大通りへと向かう二人の背後――五〇メートルほどの位置にそびえるポプラの木の前方に停車した乗用車の中で、山のような巨体が、低くつぶやいた。

「緋鞘《ひざや》の兄貴も、この街の住人を甘く見たな。念のため、張っといてよかったぜ」

巨体は車のドアを開いて路上へ下り立った。どのような技術を使ったのか、ドアも地面も音を立てなかった。

巨漢――〝ポーキー〟こと夏柳三十郎は右手に提《さ》げたレバー・アクション・ライフルを肩づけした。〝ウィンチェスター73〟――銃身下部に、十六発の拳銃弾を装填可能な円筒弾倉《チューブ・マガジン》を付属させた長銃も、この男が持つとオモチャみたいに小さく貧弱に見える。

だが、拳銃弾と言ったとおり、このライフルは一八七三年に製品化されたものであり、当時のアメリカ辺境地域《フロンティア・ゾーン》では、もっとも流布《るふ》していたコルト四四口径拳銃弾と同じ弾丸が使用できるとして、爆発的に広まった挙句《あげく》、〝西部を征服した銃〟とまで呼ばれたが、反面、拳銃弾の致命的欠陥ともいえるパワー不足が原因で、当時の陸軍――騎兵隊にはついに採用されず終《じま》いだったことでも名高い。悪名高い殺人集団《ファミリー》〝緋の天使〟の重鎮が使うには、あまりにも時代遅れの骨董品といえた。

とはいえ、すでに車内でレバーを起こしたライフルは、その第一弾をせつらか、百合子の心臓に送り込むべく、不動の直線を引いていた。

引金にかけた人差し指の第一関節が白く変わる。

三十郎の頭上から冷風と、それにもまして冷ややかな声が舞い落ちてきたのは、その瞬間であった。

「せつらさんへの用は、私が伺おう」

数十分の一秒のタイム・ラグを置いて、三十郎は頭上を振り仰いだ。奇妙なことに、両手を動かしたとも見えないのに、M73は肩づけした位置から右手へ移り、しかも、眼と同じ対象をポイントしていた。

すなわち、車の背後にそびえるポプラの木の大枝に、すっくとそびえ立つ黒マントの若者を。

長身の頭上に広がる葉と枝が、その顔を半ば闇色に塗りつぶしていたが、三十郎の眼は月光の助けを借りて、溜息《ためいき》が出そうになる美貌と青白い肌と――もうひとつを捉《とら》えていた。

そのひとつ――血のように紅《あか》い唇が、こうつづけた。

「せつらさんが依頼を受けず、自ら追う敵があると聞いた。——おまえがそれか？」

「ご挨拶だな。いきなり、おまえ呼ばわりかよ」

呆れ返った響きとは別人のような殺気が、三十郎の眼に点《とも》った。〝ファミリー〟集合の場では、母と兄と妹——ひと癖もふた癖もある凶人たちに囲まれて、その図体からも、むしろ愛嬌《あいきょう》たっぷりに見えるのだが、いま、戦いの相手を認めた巨体から噴き出る鬼気は、三人の誰にも劣らない。

「そういうおめえはせつらのダチか？——なら、名乗っとくぜ、おれの名は〝ポーキー〟——夏柳三十郎ってんだ。おめえは？」

「夜香《やこう》」

答えた唇の間で白々と光ったものが、鈍い乱杭歯だと見取ったとき、三十郎は頭上の敵の正体を知った。

「戸山町《とやまちょう》は吸血鬼の巣だって聞いたが、おめえもそこから来たのか。こいつは面白え。ぶち殺して蝙蝠《こうもり》の天プラにでもしてやろう」

声と同時に、轟《とどろ》く銃声が夜香の胸を貫いた。

うすく笑う美貌へ、

「おめえがひょろひょろ弾丸《だま》じゃこたえねえくれえ、ようくわかってるさ。ただ、殺すつもりなら、さっき現われた瞬間、殺《や》れたってこったよ」

そうしなかったのは、銃声を聴いたせつらの攻撃を懸念《けねん》したからだ。さすがに、せつらプラスこの若者では荷厄介《にやっかい》だと、吸血鬼の正体を看破《かんぱ》する前に、見抜いていたらしい。

右手の先でM73が軽やかに弧を描いた。用心鉄《トリガー・ガード》につながったレバーが起こされ、空薬莢が宙を飛ぶ。

ライフルが握りしめられる前に、夜香の身体も回転した。靴底を枝から離さず、優雅に描かれた半円は、黒い流星と化して三十郎めがけて走った。

「わお!?」

と叫んでのけ反《ぞ》った三十郎の頭上を越えて、夜香は一〇メートルも向こうに着地している。

右手を払うと、路面で柔らかい塊《かたまり》が、びちゃっとつぶれた。

「ぐええ」

と宙を掻く三十郎の太い喉《のど》は、半《なか》ばえぐり取られていた。

「決《き》めといこう」

夜香が月光のように言うと、三十郎は動きを止めて、白い歯を見せた。

「へへ、バレてたかい。これでも、再生細胞処置を受けてるんだぜ。おれを殺すなら、いっぺんに粉々にするか、焼くかしかねえのさ」

夜香が地を蹴った。その身体を火線が貫いた。もとより、夜の主人――吸血鬼の身体に銃弾などは何の意味もない。

夜香は一気に三メートルも上昇し――次の瞬間、何かに引かれるように、どっと地に墜《お》ちた。

立ち上がろうとする動きは、ひどく緩慢であった。彼の体重は、このとき、五倍にも達していたのである。

「二発目は弾丸を込め替えたんだが、わかったかい？」

と、三十郎は哄笑した。

「おれはこれでも武器つくりの天才でよ。今の弾丸は対戦車や装甲車用にこしらえた化学弾さ。こいつを射ち込まれると分子の密度に変化が生じてな、質量が三倍以上に増えちまう。どんなメカでも、でぶでストップさ。しかし、おめえはよく動けるな。さすが〈魔界都市〉の住人だ。だがな――」

三たびライフルが鳴った。――いや、夜光の胸に弾痕は三つ開いた。散弾ではない。神業に近い早射ちであった。

「おれの本当の特技はこれよ。一秒間に一二〇〇発。その辺の機関銃より早いぜ、このために、このウィンチェスターは〝一万挺に一挺《ワン・オブ・テン・サウザンズ》〟って特製よ」

かつて、ウィンチェスター社は、ほぼ千挺に一挺《ワン・オブ・ワン・サウザンド》の割りで、全工程手づくりという特別製のM73ライフルを世に送った。優れた銃器を何よりも必要品と考えていた辺境――西部開拓地の男たちは、これを手に入れるため、金と努力を惜しまなかったといわれる。三十郎のライフルは、彼の超人的な連射に耐え得るよう、ビス一本にまで高分子チタン鋼を使った特注品なのであった。

都合四発――十二倍から十六、七倍にまで増えた夜香の体重は、彼を食中花の粘液に付着した虫のごとく地に貼りつかせて、痙攣《けいれん》しか許さない。

「ま、いくら目方を重くしても吸血鬼は滅ぼせねえ。あと三分間、身動きできねえでいる内に、引導を渡してやるよ」

三十郎は愉しげに、ある晴れた日に、と「蝶々夫人」を口ずさみながら、夜香に近づいた。

蠢《うごめ》く彼の横に立ち、彼はライフルを棍棒《こんぼう》のように逆手に握って振りかぶった。

「吸血鬼も首が斬《き》られりゃおしまいだ。こいつでぶち切ってやるよ。少し痛《いて》えが我慢しな」

よっ、と丸い身体がびっくり箱《ジャック・イン・ザ・ボックス》の中味みたいにそり返ったとき、三十郎は頭上の闇に何かを認めて、眼を細めた。

「うおっ⁉」

と眼を剝《む》いたのは、何やらせわしなく羽搏《はばた》く一群が、黒い雲みたいに急降下してくるのを目撃してからであった。

電光の速さでM73が旋回し、黒雲から、きっかり十二の塊が吹っ飛んだ。撃鉄が固い音を立てた。弾丸が尽きたのである。

「こん畜生」

無益な棍棒と化したライフルを振り廻す顔に黒い羽搏きが貼りついた。

「野郎」

巨腕が剝《は》ぎ取ったものは黒い蝙蝠であった。

蝙蝠は手の甲《こう》にも吸いついた。針で刺されたような痛みが再生細胞で出来た肉体を貫き、血管に達した。吸い上げられる血の感覚は、首すじにも喉にも、唇にも生じた。

のたうち廻り、やがて動きを止めた巨漢へ、

「こいつらは少し遅れた」

悠々と夜香が立ち上がりながら告げたのは、きっかり三分後であった。

夜の〈新宿〉上空を、最近、飼育しはじめた吸血蝙蝠ともども飛行中の彼が、大逆医院から洩れる血臭に気がつき、蝙蝠たちに先立って舞い下りたことを告げたのである。

吸血鬼たる夜香を皮肉って、蝙蝠の天プラにしてやると三十郎は言った。しかし、まさか本物の、いや、彼の分厚い再生細胞を貫き血を吸うほど――通常の五倍も長い牙を持つ新種の吸血蝙蝠に、天プラにする前に吸い尽くされるとは、考え及ばなかったにちがいない。

路上に転《ころ》がった三十郎の巨体は、別人のごとく縮《ちぢ》まり、干《ひ》からびたミイラと化していた。

軽く身体を動かして、化学弾の名残りを散らせると、夜香は三十郎の残骸に近づいた。翼を持つ吸血鬼たちは、いっせいに舞い上がって主人に席を譲った。

血管の浮き出た枯木のような腕を取って脈を調べ、

「まだ息がある。せつらさんの敵は複数と聞いた。――片づけるのが僭越《せんえつ》だとするなら、実力の程《ほど》を見せてもらおうか。――幸い、アジトへの案内役はここにいる」

触れたらことんと鳴りそうな小さな身体――その一点、喉だけを見つめる東洋の貴公子の美貌に、数千年の夜を迎える人々を戦慄させてきた伝説の悪鬼の笑みが刻印された。

「駄目よ、兄さん、駄目」

粗末なベッドの上で、身をずらして逃れようとする白い首すじへ、男の唇が吸いついた。ぬるりと現われた舌が唾《つば》をたっぷりと塗りつけながら、青い血管が浮かぶ肉の上を這っていって、耳たぶを嚙むと、女は拒否も忘れて呻き声を上げた。

「最後に別れてから五年もたってるのに、まあだ治らねえのか、おまえのレズっ気は？」

と訊いたのは、全裸の緋鞘である。

嘲《あざけ》るような声と浅黒い筋肉の下で、豊かな乳房を起伏させながら、

「大きなお世話よ」

と、あおいは答えた。二人はアジト――四谷三丁目の空《あき》マンションの一室にいた。緋鞘がおかしな成り行きで生命を救ったある暴力団員から借り受けた部屋である。

血のつながった兄妹同士だから、これは不倫にあらず破倫だ。そうわかってみれば、求める四肢と抗《あらが》う女体の絡み合いは、生唾を呑み込むほどいやらしい。

「男なんかより、女のほうがずっと――あ……ああ、やめてよ。触《さわ》らないで」

筋くれだった指は厚ぼったい股間に吸い込まれていた。

「竜之介兄貴はここを知っているのか？」

あおいのせわしない息つぎに、緋鞘の問いが妖《あや》しく絡む。

「馬鹿なこと……言わないで。誰が……兄貴なんか……に」

「三十郎はどうだ？」

「……よしてよ……指一本……触れさせてないわ」

「ほう」

緋鞘の腕に動きが加わり、あおいの肉体に電流が走った。

「男なんかいや……男なんかいや」

すすり泣くような喘《あえ》ぎであった。

「誰ならいいんだ、言ってみろ」

と、緋鞘は耳もとでささやいた。

「きしあ……きしあ……あなたでなくては……ああ……」

突然、その声が消えた。のけ反りながら、兄を見つめるあおいの両眼は、別人のように冷ややかであった。

「どいてよ、兄さん――歌うわよ」

ほう、というふうに緋鞘は唇を尖《とが》らせ、

「歌ってみな」

と嘲ってから、

「しかし、今日のところはここまでだ。――歌は客に聴かせてやれ」

両腕を床につき、軽く曲げて戻すと、彼は仁王立ちになった。

「お客?」

怪訝《けげん》そうなあおいを無視して全裸のままドアを開け、廊下へ出た。暖房はない。冬の冷気に身体から湯気が白くのぼった。

二十歩ほど歩くと玄関ホールであった。

そこに立つ二つの影の片方が、

「はじめまして」

丁寧《ていねい》に挨拶してから、かたわらの影を前へ押した。

ころんと転がったミイラには、確かに夏柳三十郎の面影があった。

その胸を貫いたポプラの木の枝をちらと見て、

「夜香と申します」

と、美しい影は名乗った。

2

夜香が三十郎の心臓を刺し通したのは、蝙蝠に吸血されて半死半生の彼の血をさらに吸い、吸血鬼に仕立てて、アジトへの道案内をさせたためだ。その道すがら、せつらとの戦いの事情も訊き出し、緋鞘とあおいはもちろん、きしあ＝百合子のこともすべて了解した。

したがって、

「おれは夏柳緋鞘」

と相手が名乗っても、事情を呑み込んだものの、深い微笑を返すことができた。

「おいおい、弟にひでえことをしてくれたな」

呆れ返ったように、串刺しの三十郎を見下ろす緋鞘の眼には、同情や哀しみなど一片もなかった。

「事情は聞かせてくれるんだろうな？　——それもなるべく簡潔に」

「私は秋せつらさんの——友人です」

「そうかい——よくわかったぜ」

緋鞘は両手を胸前で組み合わせた。

「この殺し方を見ると、おめえ、吸血鬼だな。弟の血はうまかったかい？」

「いいえ」

夜香は舌舐《なめず》りをした。美しい顔立ちだけに、凄艶とも何とも形容しがたい。唇の端に、乱杭歯が妖しくきらめいた。

「彼よりも、あなたと——そちらの女性のほうが」

曲がり角に、コートだけを羽織ったあおいが立っている。右手のステアーM202の銃口は何気なく、しかし、ぴたりと夜香の胸に照準を合わせていた。

「そんなオモチャじゃ効き目はねえよ。こちらは吸血鬼さまだ」

と、緋鞘は夜香へ顎をしゃくり、

「せつらの友だちなら、おれたちと仲良くなりに来たんじゃねえよな。——あいつ、生きてるのかい？」

「ええ」

「ほう」

緋鞘の形相がみるみる変わっていった。これまで、一度たりとも自らの暗殺計画が無効だったことはない。成功率一〇〇パーセントの神話が今崩れたのだ。いや、人知れず補填《ほてん》すれば、まだ、健在で通る。——一瞬の思考が、緋鞘に先《せん》を取らせた。

あおいには無駄だと言っておきながら、全身が火線と轟音を放った。

胸、臍《へそ》、肩と肘と膝関節部に埋め込まれたマグナム・ガンの自動発射機能のうち、前方を向いた分だけが夜香に集中する。

弾頭も衝撃波もすべて若き吸血鬼の身体を煙のごとく貫通した。

「兄さん——私が歌うわ！」

叫ぶあおいへ、

「やめとけ」

と、緋鞘はもう一度、止めた。全身から、硝煙が立ち昇っている。

「おまえの〝アラウネの歌〟も効果はあるかもしれねえが、相手が相手だ。ここはおれにまかせろ」

空《あ》きマンションの天井に照明光はない。玄関のガラス戸からこぼれる冬の月の光だけだ。

遠くで哀しげに犬が鳴いた。

緋鞘の両眼から二本の鏢《ひょう》が生えていた。夜香の手練——だが、眼窩《がんか》から脳まで達したはずのそれは、抜け落ちもせず、まるで眼球の表面を滑るみたいに離れて、床の上に落ちた。

その固い響きの余韻《よいん》が消える前に、緋鞘が走った。

ぶん、と空気を押しつぶしつつ放たれた右の廻し蹴りを、夜香は左手刀で受けた。同時にその身体が旋回し、緋鞘は分厚いガラス戸をぶち破って玄関から外へと投げ飛ばされていた。ガラスの破片が散らばった路上で、彼はふわりと起き上がった。

「やるなあ。吸血鬼てな力持ちだねえ。これじゃあ、こっちも本気を出さなくちゃな」

夜香はじっと両手を見つめていた。掌《てのひら》に油のような、蠟《ろう》みたいな——無色透明だが、ぎらぎらする液体が付着していた。それがなければ、彼は緋鞘を垂直にコンクリの床へ叩きつけたのだ。

「これが」

と言ったとき、緋鞘の右手が彼の左上膊部《じょうはく》を捉えた。夜香が振りほどこうとしなかったのは、緋鞘のいう本気を自らの身で確かめるつもりだったのかもしれない。

二人の身体をぼっと灰色の煙が包んだ。

大きく夜香は跳び退《さ》がって破壊したガラス戸を背に立った。その左手は肩から消失していた。舞い上がった茸《きのこ》のような煙は、塵《ちり》と化した腕そのものだったのだ。

緋鞘が迫った。

「本気《いき》がわかったかい?」

その顔と手がどっぷりと濡れているのに気がついたとき、夜香はもう一度、跳びずさり、足でもひねったみたいに、空中でバランスを崩して地上へ落下した。彼は立てなかった。路面は月光に濡れ光る液体で広がっていた。それは、緋鞘のズボンの裾から溢れ出たものであった。

「立てやしねえよ」

ガラス戸の破壊孔《こう》をくぐりながら、緋鞘は嘲笑した。

「そいつは、おれの身体から分泌《ぶんぴつ》する脂肪だが、摩擦《まさつ》係数を完全なゼロにしてしまう。すると、どうなると思う？　どんな方向へ力を加えても、滑っちまうんだ。絶対に身体を支えることはできねえ。おれがその気になれば、戦車でもロケットの運搬用クレーン車でも、その場でひっくり返っちまう。誰もおれに近づくことはできねえ。いいや、これを何かに塗れば、触われるものはいやしねえ。何なら水に撒《ま》いてみるか。一〇〇万トン・タンカーだろうが、クイーン・エリザベス号だろうが、千鳥足《ちどりあし》の酔っ払いみたいになって転覆間違いなしだぜ」

水上での効果は保証の限りではないとしても、飛行場のもっとも混雑期に着陸を敢行したジェット旅客機が、次々に横転、炎上したジュネーブ国際空港の大惨劇、ジェット戦闘機の編隊が着陸と同時に燃料庫や火薬庫に突入したイスラエル軍事基地の悲劇を子細《しさい》に検討すれば、その前に、滑走路内を人知れず歩んでいた緋鞘の姿が浮かんでくるのではなかろうか。

あの廃墟でせつらの糸を封じたのも、自走歩兵をせつらたちめがけて疾走させたのもこの脂肪だ。敵の攻撃すべてを無効とし、しかも、脱出の足を完全に奪い去る。――殺人集団《ファミリー》〝緋の天使〟が、それを凌《しの》ぐ大天使の名を彼に贈ったのもむべなるかな。だが、それでもまだ謎は残る。

――彼を放逐し、その名前さえ口にすることを母と兄妹全員が忌避した謎が。

不様《ぶざま》に転がった夜香の頭上へのしかかるように、緋鞘の影が迫った。

その顔に空中から黒い羽搏《はばた》きが貼りついたのである。

「おおっ⁉」

と叫んで引き剝がしたものは、黒い蝙蝠《こうもり》であった。

「吸血蝙蝠よ、兄さん、気をつけて！」

絶叫するあおいの首すじにも、このとき、黒い影たちは飛んでいき、貼りついた。白い肌を朱のすじが伝わった。

「歌うわよ！——聴かないで！」

何という奇怪な言葉か。しかし、美しい暗殺者は確かにこう叫んだ。

緋鞘が両耳を押さえたとき、その足許から大きくマントを広げた黒い影が、それこそ巨大な蝙蝠のように空中へと舞い上がったのである。

夜香だ。彼の飛翔に物体との摩擦は必要ない。

一気に五メートルまで上昇し切ったその身体へ、形容し難い叫びが叩きつけられた。

見よ、夜香を守るべく周囲に集《つど》う蝙蝠たちが、ボロ屑のように腐乱し、分解した肉や神経の糸を曳《ひ》きながら地上へと落ちてゆく。

夜香も落ちた。地上との激突音は、若々しい肉体のものではなく、腐汁の詰まった肉のそれであった。

「兄さん——大丈夫？」

喉《のど》もとの腐敗した蝙蝠を払い捨てて、あおいが駆け寄った。

「ああ——何とか、な」

と応じて振り向いた緋鞘の顔は、死人のように青い。血管でも切れたのか、両眼は真っ赤に血走っていた。

「おめえのその声——〝アラウネの歌〟だけは、おれもおっかねえ。耳にしたらお陀仏《だぶつ》だからな。だがよ」

と周囲の、崩れかけた塀や電柱を見廻して、

「聴かなきゃ何とか助かるのはいいとして、耳がねえ塀や壁が腐るのは、どういうわけだ？」

「耳がないんじゃないわ」

と、あおいは耳すじの血を唾《つば》をつけたハンカチで拭《ぬぐ》いながら、

「耳をふさげないだけよ」

「なるほどな」

苦笑して、緋鞘は倒れた夜香の——残骸ともいうべき無惨な姿へ近づいた。

「吸血鬼は灰からも甦《よみがえ》るっていうが、まさか、な」

夜の申し子に対して、彼は片足を上げ、その屍《しかばね》の胸を踏んだ。もうもうと灰色の煙が立ちこめ、夜香の姿は消滅した。

「たかが、吸血鬼が世話あ焼かせやがる」

緋鞘は妹を振り向き、

「傷口は消毒しとけよ、毒が入るかもしれねえ」

と言ってから、遠くのミイラを見つめて、

「夏柳三十郎ともあろうものが、伏兵にやられた。――つくづくおそろしい街だぜ」

珍しく、しみじみと言った。

「残ったのは、私と兄さんだけ」

と、あおいは怖るべき兄を見上げ、しかし、皮肉な眼つきになって、

「敵はまだ、全員無事のようだけれど」

と言った。

緋鞘の眼の色が変わると、太い腕が妹の両腕を摑んだ。指が肉に食い込み、あおいは声もなく上体をのけ反らせた。

「秋せつらも、きしあも、いいや、おまえの可愛い口をふさいだドクター・メフィストとやらも、必ずおれが仕止めてやる。そのためにゃ、もっと兄と妹の絆《きずな》を深めなきゃあな」

もがくこともできないあおいを連れて、緋鞘がマンションの奥に消えると、路上には、月光と、あるかなきかの風に吹かれる夜香の名残り――灰の山だけが残った。

冷酷とさえ思えるほどに澄んだ月輪の中から、黒いおびただしい影が近づいてきた。

蝙蝠だ。

野性の勘で飼い主の死を悟ったのか、それとも、生き残りが呼び集めたのか。夜香の灰の上を、彼らは黒い奔流《ほんりゅう》のように輪になって飛翔していたが、ついにあきらめたのか、いっせいに舞い上がるや、散り散りになって、ビルの彼方へ消えていった。

歌舞伎町を代表とする〈新宿〉の不夜城で浮かれ騒ぐ人々を、無数の吸血蝙蝠が襲ったのは、それから十数分後のことであった。

「何だ、こりゃ⁉」

「血ィ吸われるぞ」

「くそ、戸山町の吸血鬼は何をやってやがる⁉」

不意を襲われた人々の首すじに、腕に、太腿《ふともも》に、黒い影が羽根を広げると、長い牙が血管へ刺し込まれ、みるみる白蠟《はくろう》のごとき犠牲者をつくり出した。

警官隊がやって来る前に、人々は体勢を立て直し、レーザーや毒ガスで何割かを始末していたが、蝙蝠たちは何やら、憑《つ》かれたように波状攻撃を繰り返し、黒ずくめの青白い顔の男たちが戸山団地から駆けつけるまで、警官たちをすら伝説の犠牲者に変えた。

夜空へ去っていく影の大群を、何人もの男たちが追ったが、残ったものたちは、巧《たく》みに牙を隠しながら、

「奴らがなぜ？」

「ひょっとして、夜香さまの身に何か？」

と、不穏げな眼差《まなざ》しを交わし合った。

「蝙蝠が行くわ」

西武新宿線「中井駅《なかい》」近くの安ホテルの窓から外を見ていた百合子が、ぽつりとつぶやいた。

彼女にベッドを譲り、自分はソファに腰を下ろしていたせつらも、そちらに眼をやって、しばらく凝視していたが、やがて、

「夜香——成仏《じょうぶつ》してね」

これまでのつき合いを知るものすべての指弾を受けるような、茫洋たる声で、こう言った。

3

前夜の月光に呼応するかのように、翌日の空は晴れ渡った。まだ雪の残る旧区役所通りの舗道《ほどう》を歩む人々を、あえかな影が撫でて通った。地上に映る雲であった。

兄の病室の前で、財前晃一は玄関からつづく廊下の奥を見つめていた。

兄と一緒に病室で待っているなど、できそうになかった。

時折り通りすぎる看護婦や患者たちは、不安と憧憬《しょうけい》が明暗のごとく交錯する晃一の顔へ、むしろ、好意的な眼差しを当てて去った。

せつらからの電話で、来訪時間は午前十時と告げられていた。あと五分。五分しかない。五分もある。おや、もう経《た》ってしまった。

廊下の向こうに人影が二つ現われたとき、晃一は身がすくむのを覚えた。心臓の鼓動がはっきりと聞こえる。学生の頃、恋していた娘とすれ違ったときのように。

女はダーク・グレーのワンピースを着ていた。深い海のような色合いのコートを左手に抱えている。

義姉《あね》だ。

一年間捜しつづけた。だから――

「義姉《ねえ》さん――捜したよ」

それが頭の中だけに響く声だと察したとき、義姉は眼の前にいた。

「お邪魔します」

と言ったのは、彼女の隣りに立つ黒衣の若者であった。昨日、店で義姉の話を聴かせてやった人捜し屋《マン・サーチャー》だ。

「義姉さんをお連れしました」

「あ、どうも」

これが晃一の第一声だった。

晃一は義姉を見つめた。間違いない。彼は笑いかけた。手術の結果がどうだったのかと尋ねても、せつらは答えなかった。ひょっとしたら――そうは思っても、希望する精神《こころ》は、やはり、脈々と呼吸をつづけているらしい。

義姉は眼を伏せた。

なんて、寂《さび》しいんだろ。

晃一はドアのスリットに手にしたカードを差し込み、引き戻してドアを開いた。

義姉は足を止め、せつらの方を向いた。晃一はそこにいないようである。

「何だか、怖いわ」

と言った。美しい黒衣の若者に。晃一ではなく。

「お入りなさい」

と、秋せつらは言うと、そっと義姉の肩を押した。

女が入った。

「晃一さん」

と、秋せつらが呼んだ。

震えるような響きに、晃一は、ふと、感じるものがあった。

ドアが自動的に閉じられた。

呆気《あっけ》ない再会だった。こんなものだろう。

閉じたドアを眺めてから、晃一は世にも美しい若者を振り向いた。

「手術の結果は？——治ったんですか？」

「百合子さんから聞いてください」

素っ気ない、というより茫とした口調である。

「いま——僕の名を呼びましたか？」

と訊いた。

「ええ」

晃一が感じたのは、安堵《あんど》と落胆《らくたん》であった。

沈黙が二人を包んだ。一分もしないうちに晃一は不安になった。

「どうして、僕がここにいると思います？　――兄貴と約束したんじゃない。内部《なか》にいるのが怖いんです。もしも――義姉が、僕たちのことを覚えていなかったとしたら」

「義兄さんにまかせなさい」

と、せつらは言った。

「冷たいなあ」

「僕の仕事は彼女の素姓を調べることでした。それが済んだ以上、彼女に興味はありません」

美しい顔だけに小面憎《こづらにく》い。だが、ひとたびその美貌を眼にしてしまったら、他の感情など遠くへ行ってしまう。

それきり、二人は沈黙した。

ドアが開いた。五分と経っていない。百合子が出てきた。眼の中にうっすらと涙が溜《た》まっている。

「どうでした？」

と、せつらが訊いた。知りたくて訊いたんじゃないのは、その顔を見ていれば、じつによくわかる。

「わからない。――でも、あの人の奥さんだったのは確かね。――当人がそう言ったわ」

せつらはうなずいた。

「外でお茶でも?」

「そうね」

と、百合子が言ったとき、

「あの」

と、晃一が声をかけた。彼女が出て来たときから、自分を無視しているのに気がついたのである。

「おれを覚えてませんか?」

生真面目な表情で訊いた。

白いつつましげな光に満ちた廊下で、百合子は義弟《おとうと》の顔をそっと正面から見つめた。

その眼差しが記憶にあった。

「義姉《ねえ》さん。──晃一です。義弟の」

しかし、百合子はすぐに眼を伏せた。

「ごめんなさい──覚えていないんです」

「そんな」

晃一は声だけせつらへ向けて、責めるように、

「手術は失敗だったんですか?」

「ご覧のとおりです」

のほほんと答える美貌を彼は見ていなかった。それを眼にすれば、怒りも憎しみも恍惚と溶け

てしまう。

いきなり走り寄り、右手を振った。せつらの頬にぶつかる寸前、拳は空中で停止した。

「やめて」

と百合子が請《こ》うより早く、晃一は自由になった右手首を押さえてうずくまっている。骨の髄まで食い込む痛みなのに、皮膚には傷痕ひとつついていない。

その手の上に、百合子の白い手が置かれた。

「義姉さん……」

「――そうなんですってね」

と、彼女は白い顔を晃一の方に向けた。

「あの人もそう言ったわ。私の夫だって」

「なら――帰ってくるんですね？」

晃一は苦痛も忘れたようであった。

百合子は眼を伏せた。

「おれも証明します。あなたは百合子義姉さんだ。おれと兄貴と、ずっと一緒にあの店をやってたんですよ」

晃一の悲痛な言葉は、昨日、ハンバーガー・ショップの店内で、美しいマン・サーチャーに語ったのと同じ内容であった。

「義姉さんが一年前、大阪でいなくなってから、おれも兄貴も必死で捜したんです。帰って来てくれたのに——覚えてないんですか？」

「ごめんなさい」

百合子は小さく詫びて立ち上がった。

その袖口を、晃一は夢中で引いた。

「戻って来てください、義姉さん。おれたちと一緒に暮らしていれば、きっと記憶は戻ります。店にも住まいにも、義姉さんの品や憶い出が一杯だ」

「行きましょう」

と、百合子が言った。晃一の手をやさしく外し、美しいマン・サーチャーと肩を並べて歩き出しながら。

「義姉さん、兄貴はちゃんと取っておいたんですよ、義姉さんの憶い出の品を。戻って来てください。お願いだ」

廊下を曲がっても、晃一の声は追ってきた。

「財前さんが何と口にしたか、わかります？」

「いえ」

と、せつらは答えた。

「私がドアを閉めると、あの男性《ひと》は向こうを向いていましたが、すぐに、こちらを向いて、しばらく、じっと私の顔を見つめたのです。百合子だ、と言ってくれると思いました。でも、『よく似てるな』——それが、あの男《ひと》の言葉でした」

せつらは黙って歩いた。美しい絵画は何ひとつ見も訊きもしない。マン・サーチャーの横顔は聖画に似ていた。

記憶を失くしてるそうだな、と財前は訊き、百合子がそうだと答えると、指紋とＤＮＡ鑑定を受けて来い、と言った。

「わかりました」

と、百合子は答えた。他に言うべきこともなかった。

彼女がドアの方を向くと、済まねえな、と財前は弱々しい笑顔を見せた。

「この町じゃ、人間の顔くらい造作なくつくれる。血液型も同じだ。顔がそっくりなだけじゃ、信用できねえんだよ。明日、もう一度、検査の結果を持って来てくれ。それを見て決めよう」

「いいえ」

と、百合子は答えた。

「二度とお目にかかりません。お大事に」

そして、彼女はせつらと晃一の前に戻って来たのだった。

「馬鹿みたいな結果ね」

と、百合子が自嘲気味につぶやいたのは、病院近くの喫茶店であった。

「百合子さんは嫌われていたみたいだわ。あなたにも迷惑をかけたわね」

「いいえ」

と、せつらは張りぼてみたいな声で応じた。それから、

「――あの弟は本気です」

と言った。

「そうね。――でも、何にもならないわ、きっと」

百合子は、カフェオレの残りを飲み干《ほ》すと、バッグから分厚い封筒を取り出して、せつらの方へ指で押しやった。

「歓迎されなくても、私の過去を取り戻してくださったわね。ありがとう」

そうなのだ。せつらの役目はすでに終わったのだった。

「どうも」

せつらは素早く中味に眼を走らせ、コートの内側から二つ折りの領収証を出して、百合子に手渡した。

「そんなきれいな顔してるくせに、やっぱり、あなたも生きてるのね」

それをバッグに仕舞おうとする百合子の手もとへ、封筒が戻ってきた。手に取って中を見、百合子は不審そうな表情になった。

「お心遣いは無用に願います」

と、〈新宿〉一のマン・サーチャーは言った。

「お礼の気持ちよ」

「あなたがこれからどうなさるのか知りませんが、これが必要になるときが必ずきます。――お元気で」

伝票を掴んで、せつらは立ち上がった。

百合子は、はっと顔を上げた。せつらは仕事を終え、これが二人の別れなのだった。窓の外では冬の街が光の珠《たま》をむすんでいた。

「さようなら」

と、百合子はようやく口にした。美しい若者がずっと一緒にいてくれるような気がしたのは、夢だったのだろうか。

黒い影法師は、レジで支払いを済ませ、静かに出て行った。百合子の方を見ようともしなかった。

百合子には過去だけが残った。

彼女は胸ポケットからあの写真を取り出した。照明のせいか、それはいつもよりずっと色褪《あ》せて見えた。

男と女は、変わらぬ微笑を唇に湛《たた》えていた。

「よく似てるわね、私に」

と、百合子は胸の裡《うち》で女に話しかけた。微笑《ほほえ》みを浮かばせた過去へ戻るつもりだったのが、ここは〈魔界都市〉であった。

「さよなら」

百合子はポケットから銀のライターを取り出し、写真に近づけた。点火しようとした手がライターを握りしめ、百合子は上体をドアの方へ向けた。

晃一がやって来るところだった。廊下では着ていなかったボア付きのコートをまとっている。

「義姉さん、ひとり？」

「どなたかしら？」

と、百合子は事務的な口調で訊いた。〈新宿〉に似合わぬこの誠実そうな男を、困らせてやりたい気になっていた。

晃一はとまどい、

「かけていいですか？」

と訊いた。

「私でよければ、どうぞ」

「失礼します」

と断わって椅子を引き、晃一はやって来たウエイトレスに、

「ヘネシーをダブルで」

「うちは喫茶店ですが」

「あ」

コーヒーの注文を受けたウエイトレスが仏頂面《ぶっちょうづら》で去ると、晃一は百合子へ、

「連れ戻しに来たんだ。近所の喫茶店はここしかないし」

と言った。

「人違いでしょう。私はあなたを存じませんわ」

「おれは知ってる」

と、晃一は言った。

「兄貴より、ずっと、義姉さんのことなら知ってるよ。義姉さん——一緒に帰ろう。兄貴がああなら、おれのところだっていいんだ」

「いきなり、こまった人ね、とんでもない申し込みだってわかっているの？」

「もちろん」

「失礼だけど、いい年齢《とし》をしてって言われるわよ。奥さまがいらっしゃるんでしょ？」

「話はいくつもあったよ」

晃一は、まぎれもない真摯《しんし》さをこめて言った。

「みんな断わった。義姉さんを捜すのに忙しかったんでね」

「……」

「一度失くしたものは返ってこないけど、別の形でなら戻ってくるかもしれない。〈新宿〉だって、そういうことがあるかもしれない。義姉さんは迷惑かもしれないけど、おれはそうなるよう努力してみるつもりだ」

男の顔は、たじろがずに端整な美貌を見つめていた。時々、人はひたむきな子供になる。今がそのときだった。

「馬鹿なひと」

百合子は眼をしばたたいた。小さく頭を下げて、

「ありがとう」

と言った。

「じゃあ——」

躍《おど》り上がらんばかりの晃一へ、百合子は首を横に振った。

「あなたの申し出を受けるためには、しておかなくてはならないことがあるの。それが片づいたら、きっと」

「本当に？」

「ええ」

「イエイ」

晃一は片手を上げてVサインをつくった。

「イエイ」

と頭上で声がすると、仏頂面のウエイトレスが、彼の前にカップを載《の》せたソーサーを勢いよく置いた。

焦茶色の飛沫《しぶき》が跳んで、晃一と百合子の上衣に小さな染《し》みをつくった。

ひと言《こと》もなく、さっさと背を向けたウエイトレスの片足へ、晃一の足が走った。

8章　淫女園《いんじょえん》

1

その男は、晃一がコーヒーを飲み終える少し前に店へ入って来た。

店の外から、一枚ガラスの窓を通して、標的の位置は確かめてあった。本来は外から高性能徹甲弾を射ち込めば済むのだが、男の武器は銃器ではなかった。

ドアのそばで一応、四方を見廻し、いちばん近くの席に腰を下ろすと、煙草を取り出して火を点《つ》けた。「ラーク」である。思いきり吸い込んで煙を床に吐く。

紫煙は散らずに固まって、ふわふわと床上を這いはじめた。晃一と百合子の席の方へと向かって。

OKだ。しかし、万がいちという場合に備えて。――彼は手もとの水が入ったコップを持ち上げ、口をつけた。水は飲まずに、コップの中へ吐いた。紫煙の残りであった。

それが水に溶け、渦を巻き、透明になると、彼はコップを右手に持って、成果を待ち受けた。

このとき、晃一の席で、足をかけられたウエイトレスが転倒したのである。

起き上がろうとするウエイトレスの鼻先に、煙塊が漂ってきた。

疑問を持つには、頭の中が混乱しすぎていた。

見つめているうちに、それはウエイトレスの顔を包んだ。煙の一部を肺まで吸い込んだ途端、ウエイトレスは眠ったような表情でこと切れた。

晃一はそっぽを向いていたが、百合子はウエイトレスを観察していた。

死の痙攣《けいれん》が身体を走る前に立ち上がり、煙塊に気づいた。

「どうした!?」

「息を止めて」

ハンドバッグからMPA自動拳銃を抜き出し、正面のガラス窓を射った。わざと散らせた弾痕の中心へ向かって体当たりをかませる。

軽い衝撃が外へと反転し、おびただしいガラス片となって四散した。

歩道の上で立ち上がり、百合子は思いきり息を吸い込んだ。その顔へ煙塊が滑り寄り、押し包む寸前の行為であった。

一度だけ、毒ガスを吐く殺し屋と中近東で戦ったことがある。体内に発生する腐敗ガスを毒に変じて貯蔵し、自在に標的へと忍び寄らせる能力の持ち主であった。百合子が勝ちを収めたのは、ガス攻撃を食らったら、けっして吸い込んではいけないという初歩の知識を実行したことと、ウィッチこと夏柳志保に、長時間呼吸《いき》を止める訓練を強制させられていたためであった。

今度もだ。

「義姉さん!?」

「お客さま!?」

近くで晃一と、ウエイトレスらしい女の声が同時に聴こえた。

一分、二分——頭が鳴り出し、肺が爆発寸前まで膨《ふく》れ上がったとき、ガス塊はふっと消えた。

皮膚から吸収されるタイプではなかったことに、百合子は感謝した。

荒い息を吐く横合いを、歩き去る気配があった。百合子は眼を固く閉じていた。逃れようとする意志を塗り込んだような性急な足取りと、店内から現われた方向性とが、反射的にMPAの銃口を向けさせた。

「止まりなさい！」

気配の一点で殺気が膨れ上がった瞬間、百合子は引金を引いた。

ごおっと洩らして身体を二つ折りにしたのは、十七、八の少年であった。

射たれた鳩尾《みぞおち》を押さえて前のめりになる片手から、炎と銃声が迸《ほとばし》った。

灼熱の点が耳たぶに生じた瞬間、百合子はつづけざまに三発を放った。全弾〇・二秒とかからなかった。

少年はのけ反り、よろめき、車道の方へ五、六歩あるいた。弾丸の勢いに押されたというほうがいい。

どっと倒れた周囲へ通行人が飛び退《き》がって半月の垣根をつくった。悲鳴を上げて、ポプラ並木の陰へ隠れたのは、観光客だろう。

百合子は駆け寄って、血まみれの少年を見下ろした。

動揺がその顔をかすめた。

「覚えてないかい……小母《おば》さん？……」

と、血の気を失った顔が、路面から呼びかけた。

「お宅の……三軒隣りで……花屋をやってた村沢《むらさわ》の……次男だよ。……啓太《けいた》だ。……よく……薔薇《ばら》を買いに来たよな……。小母さんとは……一番仲が良かっ……た。驚いたかい？　おれ……〝千円殺し屋〟……だったんだ。……まさか……小母さんを……殺せなんて……依頼されるとはね。……小母さん……気をつけなよ……」

少年の身体は最後の痙攣を放った。

「ひとつ……教えとく……小母さんを狙わせた……のは……財前の……小父さんだ……ぜ……」

最後の言葉は急速にしぼみ、耳にしたのは百合子だけであったろう。

少年のかたわらに片膝をついた百合子の隣りで、

「まさか……啓太が……　〝千円殺し屋〟だったなんて」

呻くような晃一の声が聴こえた。

〈新宿〉名物〝千円殺し屋〟――それくらい、〈区外〉の善良なる人々を震撼させ、悪党どもを羨《うらや》ましがらせる存在はあるまい。

歌舞伎町で、二丁目で――盛り場を追われて逃げる逃亡者は、片手に千円札一枚をはさんで振り廻しながら走ればいい。

突如、それがひったくられるように消えると、彼が知らぬ間に、ひったくりの主が、追尾してくる連中を仕留めてくれる。

或いは、殺人を依頼したいものは、同じく千円札を手に、雑踏を歩くとよい。声をかけられるか、札を取られた時点で、その当人が、殺しを引き受けようと名乗り出たようなものだ。それ以上の報酬は必要なし。ただし、殺しの相手はひとりで、時期も半日以内に限定される。逆を言えば、十二時間以内に片づけられる仕事でなくてはならないのだ。

現在、〝千円殺し屋〟は、〈新宿区〉全体で、二〇〇人弱――ほとんどが歌舞伎町に集中しているとされる。そして、ほとんどが、千円欲しさの素人だ。

いま、啓太と名乗った若き殺し屋の最期を看《み》取る百合子の眼には、悲痛の色があった。

彼女はポケットから何かを取り出し、眺め、すぐ元に戻した。

あの写真だった。百合子と賢一の。そして、背後の鉄柵の前に映る男の子こそ、眼前に横たわる若き殺し屋に他ならなかった。

「義姉さん……」

晃一の言葉に、

「やり切れない街ね」

と、百合子は応じた。

「よかったわ、頭がおかしいままで」

「そんな」

と、晃一が呻いたとき、死の痙攣をつづけていた啓太の口が、大きく開いた。

「あっ!?」

と身を引いたが、声を上げたことが、最後の紫煙の吸引を意味していた。

崩れ落ちるとき、百合子は片手を路面に当てて身を支えようとしたが、それも肘から折れて、空《むな》しく倒れ伏した。

「義姉さん！」

晃一が夢中で煙塊を散らすと、それは呆気なく空気に溶けた。最後の吐息は、やはり浅く、紫煙の効果も半減していたのである。

「義姉さん！」

軽く頬をひっぱたくと、百合子はうっすらと眼を開いた。

「大丈夫か、すぐ医者を呼ぶよ。病院はそこだ」

と励まし、晃一は周囲の群衆に、

「誰か――医者を呼んでくれ」

と呼びかけた。その顔が翳《かげ》った。人垣からトレンチ・コートの影が前へ出たのである。赤いネクタイが目立つ。

「それより、連れてったほうが早いぜ」

と、彼は言った。

晃一が何か言う前に、黒い巨腕が伸びて百合子を抱き上げた。

「おい、あんた、ちょっと!?」

追いすがる晃一の手がダーク・グレーのベルトにかかろうとした刹那、それはしなやかに跳躍し、通りの向こう側にパークしてある黒い乗用車の脇に舞い下りた。

「上首尾！」

内部《なか》からドアを開けたあおいは、片手でハンドルを握っている。

緋鞘が百合子を後部座席の奥に放り込み、自分も乗り込んでドアを閉めるや、車はタイヤの灼《や》ける臭いを撒《ま》き散らしながら、「靖国《やすくに》通り」方面へとスタートした。

「大逆医院がしくじったら、ドクター・メフィストのところだと張っててよかったわね。やっと——やっと、よ」

あおいは唇を歪めた。バックミラーにその形相が映っている。

「可哀相にな……」

と緋鞘が、屈曲した姿勢の百合子とバックミラーを交互に見ながらつぶやいた。

「尾《つ》けてくるわよ」

と、あおいが指摘したのは、「靖国通り」を四谷方面に折れてからである。

リア・ウインドを眺めて、一台のタクシーとその後部座席にいる乗客を確認し、

「義姉《ねえ》さんと言ってた男だな。顔からすると、この女の亭主の弟か。よっぽど、義理の姉貴に執心らしい」

「始末するわ」

事もなげに言い放ち、あおいはダッシュボードの内部《なか》から、旧式の軍用手榴弾《パイナップル》を取り出した。

点火リングを咥《くわ》えて引き抜き、安全レバーを押さえている指を離す。レバーが吹っ飛ぶと同時に、発火薬に点火。三つ数えて、あおいは窓から投擲《とうてき》した。

バックミラーの中で、タクシーが横転するのを確かめ、にやりと笑った。

「おい、喜久井町《きくいちょう》へ廻れ」

　曙橋《あけぼのばし》へさしかかる少し手前で、緋鞘が命じた。

「どうしたのよ?」

「頼まれてた用を憶い出した」

「『深夜興業』?」

「そうだ」

「いいわよ、ゆっくりしてらっしゃい」

　と、あおいは舌舐《なめず》りした。

「その間、ずっとオモチャと遊んでるわ。壊しちゃうかもしれない」

　双眸《とも》に点る鬼気は、無論、そこには映っていない、背後の白い虜囚に向けられたものであった。

2

　四谷三丁目の空マンションへ戻ると、あおいは、百合子を別の一室へ運んだ。

　天井に滑車がねじ止められ、そこからロープが垂れている。もう一方の端は、別の滑車を通して床の上でとぐろを巻いていた。昨夜の深更《しんこう》から今日の朝までかけて、あおいが取りつけたものである。

床上の百合子に向かって、ささやくように、ひと声放つと、衣類はぐずぐずにほつれ、白い裸身の上を滑り落ちた。

「大したもんでしょ。あんたのきれいな肌には傷ひとつつけてないわ」

喘《あえ》ぐように言って、あおいは百合子の手をまとめてロープでゆわえ、天井から吊るした。

「いつ見ても、惚れ惚れとする肉体《からだ》ね」

匂い立つような肉のあちこちに頬ずりし、唇をつけて、百合子の尻に廻った。

「あたしのとこから逃げ出して……あんなに愛してあげたのに……このお尻だって」

いきなり歯を立てた。半ば意識不明の百合子の身体が痙攣するのも構わず、

「ぐあああ」

言葉とも唸りともつかない声をあげて、かぶりつき、食いちぎった。

「忘れていないでしょうね。こうやって、愛し合ったことを。私がいつも、あなたの肉を食べたい、食べたいっていうと、少しならって、くれたわ。いつもお尻だった。もうひとつ――欲しいものがあるのよ」

前に廻って、あおいは獲物の乳房を嚙んだ。歯型の痕《あと》がつくほど強く嚙んで廻り、右の乳首をはさむや、

「ここよ」

一気に食い切った。

百合子は絶叫し、身悶《もだ》えした。噴き出た血は朱色の乳みたいに床の上へ跳び散り、あおいは口

を寄せて、それを呑み込んだ。血潮《ちしお》は唇の端からこぼれ、白い喉へも垂れて、彼女を奇怪な夜の生きものに変えた。

唇を離すと、あおいは、なおも噴き出る血潮を、顔と背をのぞく百合子の全身に塗りつけた。

「……あおい……」

か細い声が百合子の唇から洩れた。

血の気も失《う》せた蠟《ろう》みたいな顔を振り仰いだあおいの眼には、歓喜の炎が燃えていた。

「やっと、気がついたの。やっと、名前を呼んでくれたのね。きしあ。うれしいわ」

「……誰のこと?……」

百合子の口から糸のような言葉が洩れた。

「そんな名前の女……知らない……わ。……私の名前は……百合子……よ」

「お黙り」

百合子の頬が激しく鳴った。あおいの平手打ちである。彼女は食い切った乳首の傷跡に親指の爪を立てた。

「あんたは、私の女よ。陣内きしあっていうの。覚えておきなさい」

百合子は低い呻き声を立てた。毒煙のせいで、他の苦痛に対する感覚が狂っている。それが気に入らないのか、あおいは部屋の隅に置いてあるバッグに近づき、ジッパーを外した。

取り出したのは、太い試験管くらいのガラス壜であった。中に不気味な品が蠢《うごめ》いている。縞蛇《しま》に百足《むかで》の足をつけたような生物は、爬虫類とも昆虫とも言い難《がた》い。

壜の蓋《ふた》を開けてひと息かけ——ではなく、声にもならないひと声を浴びせると、ぐったりしたそれを掌《てのひら》に落として、あおいは百合子の背後に廻った。

豊かな尻の、すぼまった肛門に奇怪な生物の頬を押しつけ、

「こいつが何だかわかる？　あなたにも見せたことがあるわよね、モサドの情報局長に口を割らせたときに使ったムシヘビよ。こいつが肛門から入って内臓を食い破り出したら、神経を抜かれたサイボーグでも泣き叫ぶわ——いま、そうしてあげる」

あおいの言葉の意味が、朦朧《もうろう》たる意識の裡でも理解できたのか、百合子の虚《うつ》ろな眼に、明らかな恐怖の色が流れた。

「怖い？　——怖いでしょう。あなたも、局長の死に様《ざま》を見たものね。血と涎《よだれ》と鼻汁と大便を垂れ流して、殺してくれと哀願するところを、私と眺めていたものね。——同じ目に遭いたい？　いや？　なら、自分はきしあだとお言い。私の愛人だったと認めなさい。そうしたら、肛門へ入れるのは勘弁してあげる。あら、右手がまだ動かないの？　それさえ自由になれば、緋鞘兄さんだって、あなたには近寄らないのにね」

無惨としか言いようのない脅迫であった。

百合子は眼を閉じた。

「ほら、気絶から醒めたわよ。おっと、私を咬《か》むんじゃないの。——咬むのはそのお尻の穴よ。ほら——」

百合子の全身が痙攣した。ムシヘビの頭がすぼまった穴へ潜り込んだのである。百合子の筋肉

は自然に収縮したが、ムシヘビの頭はそれをえぐり抜いていくほど硬質であった。

　全長五〇センチのうち頭の一〇センチほどが潜り込んだ時点で、あおいは怪生物を引き止め、

「さあ、どうするの？　最後のチャンスよ」

　と言った。

「さあ、答えるのよ、あんたの名前は？」

「……百合子」

　あおいの形相が白い悪鬼のそれに変わるや、ムシヘビを押さえていた指が開いた。

　あたたかい秘所を好む肉食生物は、一気に百合子の体内へ――。

　凄惨な笑いに歪むあおいの形相が、突然、驚愕のそれに変わった。肛門に突き刺さった生物が、見えない力で強引に引き戻され、あろうことか、数個に寸断されるのを見たのである。

　彼女はドアの方を振り返った。そこに、世にも美しい黒衣の影を認めた瞬間、反射的に叫ぼうとした。

　その喉が、凄まじい力で絞めつけられたのである。声は止まった。呼吸《いき》もできなくなった。それを耳にしたあらゆるものを腐敗させる死の叫びは、一瞬、無効と化した。

「メフィストも、たまにはいいことをしてくれる」

　秋せつらは静かに言った。茫としたその声に、昏《くら》くかがやくその美貌に、ひとりの女の首をちぎれる寸前まで絞めつける蛮行のイメージは破片《かけら》もない。

「死刑台――男の精――金貨――〝アラウネの歌〟なんか聴きたくもない」

ドイツに伝わる伝説によれば、死刑台で刑死した男性死刑囚の漏らした精液を採取し、特定の条件下で、アラウネと呼ばれる植物に振りかけた上、人間の赤ん坊によく似た育て方をすると、やがて、一日に一枚、金貨を産むという。

ただし、成長したこの怪植物は、地面から抜き取る際、人間の叫びに似た怪声を発し、耳にしたものすべてを死に到らしめるため、引き抜く役目は犬をもって代用する。また、死刑囚の精液を、多情淫乱な女や、自殺未遂の経験を持つ女の膣《ちつ》に注ぎ込むと、女子が生まれた場合に限って、その娘は近づく男すべてを破滅させる淫魔女になるか、その歌声一過で万物を死滅させる妖女と化すという。後者の歌声をもって「アラウネの歌」と伝説は伝えている。

きしあと名乗っていた娘の宿で、あおいことグレンダと対決したメフィストは、その声の質から彼女の正体を見破って口を縫い、歌声を封じた。彼のつぶやきに似たヒントから、いま、せつらも喉を引き絞って無声を強要している。

叫びひとつで、吸血鬼の若き主——夜香を朽《く》ち果てさせたこの稀代《きたい》の妖女も、〈新宿〉の生んだ美しき二魔人の前には、煩悶《はんもん》するしかなかった。

不可視の糸に身悶えするあおいを尻目に、せつらは百合子に近づくと、指一本動かさずにロープを切断し、その身体をそっと床に下ろした。

「お疲れさま」

この期《ご》に及んで場違いな挨拶をする。

百合子はうっすらと眼を開き、

「どうして——ここへ？」

と訊いた。

せつらは照れ臭そうに頭を掻《か》き、

「喫茶店で別れたとき、糸を結んでおきました」

と答えた。

「もう依頼人じゃないのに……」

「ええ」

と、またも、身も蓋もない返事をして、

「ですが、この女の一派には、個人的な用がありました。あなたを見張っていれば、必ずちょっかいを出す、と」

「……私を利用したのね……悪い男《ひと》」

百合子はうすく笑った。

この美しい若者にならば、何をされても——と思った奇怪な心情を、彼女自身、理解してはいなかった。

「ごめんなさい」

とせつらは顔を下げて、

「とりあえず、あなたを外へ。それから、この女は——」

失神すらできぬ苦痛と窒息寸前の狂気に苛《さいな》まれるあおいを見やる眼の中に、ふと凄まじい光が

宿ったが、すぐに消して、

「――私が預かります。〈新宿〉が〝死の大天使〟を迎える引き出ものとして」

なおも残る毒煙の悪寒《おかん》と拷問による苦痛など消し飛ぶような恐怖の中で、百合子は、眼前のマン・サーチャーが別人であることを悟った。

約一時間後、マンションへ戻って来た緋鞘は、壁に残された――壁を切り裂いて書かれた文字を見て、両眼を光らせた。

妹は預かった　無事に返してほしければ明日の正午――〈新宿御苑〉内〝睡蓮池〟まで来られたし

秋

読み終えて、彼は不気味に笑った。

「〈御苑〉に〝睡蓮池〟か。――どちらも奴の土俵内だ。虎穴に入らずんば虎児を得ず、というが、ふふ、死の大天使はそれほど甘くはないぞ、マン・サーチャー」

その日の午後から夕方にかけて、メフィスト病院は一五〇名の新たな入院患者を収容した。この街では珍しい数でも事態でもなかった。

うちひとりは走馬大作と名乗る人捜し屋であり、もうひとりは、連れて来た秀麗な若者が、百合子としかわからないと告げた美しい女であった。

若者は院長と直々《じきじき》に会話し、世の誰もがひと目見たいと願う二つの美しさの会談は、人知れず院長室で行なわれた。


白い院長が、財前賢一のもとを訪れたのは、午後の回診——三時を七分ほど過ぎた時刻だった。

「具合はどうだね？」

月並みで平凡なくせに、圧倒的な安堵を患者にもたらす問いに、賢一は、

「おかげさまで、快調です」

と答えた。

入院こそしたものの、この病院では心臓の病《やま》いなど、蚊に刺されたのと等しい。

「結構だ。ところで、今日、あるご婦人が別の病棟へ入院された。所持品の中に写真が一葉あった。あなたと写っていた」

「へえ」

と、賢一は眉を寄せた。

「昔の彼女かな。——会ってみてえや。どこの病棟です？」

「第一外科病棟の三六二号室だ。ただし、明日の昼までは絶対安静を要する」

「今は眠ってるんでしょうかね?」
「今夜、午前二時までは麻酔が効いている。その時刻の面会は厳禁だ」
「もちろんです」
と、賢一はうなずいた。メフィストが去ってから、彼は院外へ電話をかけ、ある依頼を行なった。

百合子をメフィスト病院へ預けてから、せつらは、いったん、西新宿へ戻った。四谷三丁目のマンションから拉致《らち》したあおいを、五〇メートルほど離れた「支部」へ監禁するためである。「支部」は、もと自動車工場の廃屋だったものを、敷地ごと格安で譲り受けたのである。もちろん、出入りは極秘に行なわれた。

工場内のオフィスを改造した部屋へ、なおも苦悶に苛まれるあおいを放り込み、せつらは、いわば「本部」――「秋せんべい店」の裏へと戻った。

そして、裏口のドアに貼られたメモを発見したのである。

晃一は預かった　無事に返してほしければ　明日の午前六時――きしあとあおいともども
「早稲田鶴巻町ゲート」まで来られたし
緋

その看護夫が、地下の車庫で救命車から降りたのは、午前三時を二分ほど廻っていた。病院を出るときと同じ顔、同じ身体つきであった。もとの顔と身体の持ち主は、病院前から追跡した彼に、余丁町《よちょうまち》での救助活動中射殺され、近くの廃墟に投げ込まれていた。

　彼は同僚と力を合わせて、待ち構えていた――スタッフに患者を渡し、控室へ戻る仲間と別れて、ぶらぶらと外科病棟へ入った。第一病棟の三六二号室が目的地であった。

　眼に見えない位置から、モニターが監視をつづけているのは、了解済みであった。全身を覆《おお》うカメレオン・スーツさえあれば、腰の制御用コンピュータにインプットされた五千人の誰に変わることも可能だ。メフィスト病院内で行なわれる最初の殺人事件の犯人という、〈新宿〉の歴史に遺《のこ》る行為も、彼にはさしたる昂奮を与えてはいなかった。その意味で、彼はプロであった。

　ドアを開けると、女は静かな寝息を立てていた。

　一歩入ると同時に、彼は加速した。大股で部屋を横切り、女の口に手を当てたときにはもう、右手のメスで頸動脈を切断していた。鮮血が迸って、シーツを濡らした。女の痙攣が止まってから、心臓の鼓動も停止しているのを確かめ、彼は身を翻《ひるがえ》した。プロの名前が泣くほどの簡単な殺人であった。

　廊下へ出て左を見た。誰もいない。右を向いた。白いケープ姿の美しさは、男を陶然とさせた。

「化《ば》けてみるかね、私に？」

　と、ドクター・メフィストは言った。

その右横に、車椅子に乗った肥満漢と、しなやかな影が立っていた。

「やっぱり、来やがった。せつらの電話どおり——いや、おれが言ったとおりだろ、ドクター。こいつは財前に雇《やと》われた殺し屋さ」

とでぶは、自信たっぷりに言った。

「阿呆《あほう》が、あの女はダミーだよ」

声が終わらぬうちに、彼は身をひねって廊下の反対方向へと走った。

頭上を越えて眼の前へ着地した白い影は、彼のスピードをも計算していたにちがいない。白い手に胸を貫かれた身体は、徐々にスピードを落としつつ、医師の腕の付け根で、ぴたりと停止したからだ。

メフィストが腕を抜いた。一滴の血も出ず、傷痕も遺《のこ》らなかった。彼の身体は停止時の姿勢をかたくなに守りつつそこにあった。

キイキイと車椅子を鳴らして近づいたでぶが、

「どうやったんだか。——しかし、今回の功労賞は、気に入らねえが、秋せつらの畜生だね。なんたって、あの写真を見せて、あんたが財前夫人のことを亭主に自然に話し、亭主が殺しを企《たくら》むよう工作してのけたんだから。けどよ、あんたに、殺し屋が来るから病室を見張れなんて電話を

よこさなくても、おれがみんな話してやったのを忘れちゃあ困るぜ」

「仰せのとおりだ」

と、メフィストは認めた。せつらが、こんな小細工をしてのけたのは、たとえ、彼の申し出だとしても、病院内での患者同士の殺人を促すような行為を、メフィストが許可するとは思えなかったからだろう。

彼は、もと来た方角へ眼をやった。〈新宿〉ナンバー1 4の人捜し屋、走馬大作とともに、自らの殺人現場を見学しに来た美女――百合子は、ひっそりとこちらを見つめていた。

「これから、ご主人の確認を取りに行きます」

と、メフィストは静かに言った。

「もしも、こちらのおっしゃったとおりなら――？　警察へ？」

「さて」

と、メフィストは言った。

「眼、心臓、筋肉、神経――この街では常に品不足です」

理由もなく、百合子はぞっとした。そこへ、

「本当だってばよ」

と、走馬が両手で肘かけを叩きながら叫んだ。彼の腰から下は失われていた。擬似ボディは今日の午後、完成の予定だった。

「おれは、酢漿草《かたばみ》の野郎からじかに聞いたんだ。この人の亭主の店の前で、あいつらにふんづかまっちまってよ。手え引けつうから、引かねえと言ったら、あの店の主人は麻薬《くすり》に関わってるんだとよ。〈新宿〉でもご法度《はっと》の〈チェロキイ・ベイビイ〉を年に一トンも合成しちゃ、『深夜興業』を通して〈区外〉へ売りさばいてるそうだ。これ以上、関わると、おれも殺さなきゃならねえと抜かしやがるから、殺してみやがれと言ったところへあいつが来たんだよ」

「あいつ？」

と、百合子がメフィストを見つめた。

「よくしゃべる」

と、メフィストは言った。

人捜し屋にあるまじき行為だが、これは手術用の麻酔が、走馬の体質と結びついた挙句の副作用である。

走馬が尋問されていたのは、「深夜興業」の応接間であったが、突如、ドアと壁とが塵《ちり》と化して渦巻くや、トレンチコートに赤いネクタイをした男が飛び込んで来た。折り悪《あ》しく、走馬は男の進行方向に当たった。男が足の付け根を蹴り上げると、埃《ほこり》が舞い上がって、何もかもわからなくなった。

「よく助かりましたね」

と、百合子が感心したように言った。

「彼は地下室で発見された。上ものはすべて塵と化していた。一五〇人以上の組員ともどもな」

と、メフィスト。

「地下室で？　誰がそんなところへ？」

「彼のかけていた椅子は、スイッチひとつで床へ吸い込まれる仕組みだった」

「じゃあ、酢漿草がわざと？　――どうしてそんなことを？」

走馬は妙な眼つきになって、

「酢漿草の本名は、走馬直人ってんだ。進路は違ったが、れっきとしたおれの弟よ」

せつらが病院へやって来たのは、翌朝――東の空が白みかけるのもまだ遠い、午前四時すぎであった。

「できたかい？」

と、彼は院長室のメフィストに訊いた。

「二度と、君の私用に私の技術を使わんでもらおう」

メフィストの指輪がきらめくと、そこにあるとも見えなかった奥のドアが開き、百合子がやって来た。

頭のてっぺんから、爪先《つまさき》まで、じっと眺めて、せつらは、

「オーケイだ」

とうなずいた。

「いいだろう」

と、秋せつらは了解した。

「別の用でこしらえたダミーがあったので、ノウハウは簡単だったが、新しくつくるとなると、丸一日かかった。くれぐれも、言っておくが、二度とこんな用事での来院はお控え願おう」

「はいはい」

とせつらは、心ここにあらずの返事をして、恭《うやうや》しく、

「お借りします」

と、頭を下げた。

「ゲート」まではタクシーを使った。

百合子に事情を説明してから、せつらは窓外の景色を眺めた。助手席には身動きひとつできないあおいが腰を下ろしている。午前六時十五分前。冬の陽光は穏やかに街路へ降り注いでいる。一本やられた、という思いでもあるのかどうか、天上の美貌には憂愁が揺れている。

裏口のメモを見つけてすぐ、晃一のもとへ連絡を取ったが、帰っていないと店の従業員が告げた。

まさか、彼を人質にするとは。考えてみれば、百合子にとって、この世界で唯一の理解者だ。しかし、記憶を失っている彼女にとっては、赤の他人に等しい。現在の関係を知っている者から見れば、到底、人質の条件は満たせまい。二人きりでいるところでも見て、緋鞘は誘拐を決行したのだろう。

いずれにせよ、こうなった以上、百合子とあおいともども出かけなくては、晃一の生命が危ない。無関係だで通じる相手ではないからだ。

で、せつらは緋鞘の要求を入れた。

せつらを尻目に、無言で前方を見つめていた百合子が、不意に彼の方を向き、

「え?」

と訊いた。

「〝ゼロ・アワー〟」

とせつらは、幾分か、はっきりと繰り返した。

「でも、今は夜明けです」

〈新宿〉のどこかで、深夜零時の時報を鐘が伝えるとき、それは、ふと、十三を打つことがある。

そのとき――人が死ぬ。

〝ゼロ・アワー〟――鐘の音が死を呼ぶのか、死が鐘を鳴らすのか。

〈新宿〉ならではの、この奇怪な音響現象を、夜明けの街路で、何がせつらに想い巡らせたのか。

〝ゼロ・アワー〟――大事な人が死ぬ時刻。

やがて、前方に巨大な橋が見えてきた。

早稲田鶴巻町ゲート――通称〝早稲田ゲート〟。他の二つがいわゆる跳ね上げ式の橋であるの

に対して、ここだけは、吊《つ》り橋型を採用している。

二四時間、開きっ放しの門のところでタクシーを降りると、すでに橋の真ん中あたりに二つの人影が見えた。

風がせつらと——二人の女の髪の毛をわずかになびかせた。

三人は橋の上を歩き出した。心なしか、二人の女の表情には怯《おび》えの色がある。

いや、彼女たちより長いこと〈新宿〉に住んでいる筋金入りの〈区民〉ですら、今なお、この橋を渡るときは根源的な恐怖を感じずにはいられないという。

左右を見れば、幅二〇メートル、深さ五十数キロの大亀裂が果てしなく広がり、裂けはぜた大地の悽愴無惨な断面は、地球創生期の天変地異の爪跡を連想させて人々を圧倒する。

そして、現代科学の力でも解明できぬ〝測《はか》り得ぬ深さ〟を有する亀裂の——その底から噴き上げてくる風の唸《うな》りと肌触りの不気味さよ。通行人ばかりか車の運転手《ドライバー》たちが、時折り、奈落への誘惑に耐え切れず、身を守るため、橋のあちこちに停止しうずくまるのも、むべなるかな。

ほぼ二四時間、休みなく人と車の出入りする橋の上も、午前六時から約一時間は、原因不明の一種のエア・ポケットを構成して車と人の流れは途絶える。〈新宿〉に不明な緋鞘がこの時刻を選んだのは、単なる偶然であったろうか。

9章　魔人vs.天使

1

五メートルの距離を置いて、二人と三人は対峙《たいじ》した。

「よく来たな――こっちはご覧のとおり、無事だぜ」

と緋鞘が、左隣りの晃一を片手で示した。さすがに示された当人は無表情だが、負傷や麻薬による異常は認められない。せつらよりも百合子と眼が合ったとき、唇はほころんだ。

逆に、あおいを認めた緋鞘がむしろ、憤然とした。捕まったときから妖糸をゆるめられていない彼女は夜も眠れず、呼吸困難によるチアノーゼを発症していた。

「よくも、人の妹をそんな目に遭わせられたもんだな、え？　いますぐ、自由にしろ」

地鳴りのような声で言った。

「君のところへ着いたらね。僕のところのアルバイトが、どんな目に遭ったか、話して聞かせようか？」

とせつら。

「まあいい。この街の中じゃ、どこで戦ってもおれの不利だ。だが、朝の六時に橋の上じゃ、ろくな準備も整えられまい。見せてもらおうか。〈新宿〉一のマン・サーチャーの腕の冴《さ》えを。おっと、その前に、その二人をこっちへよこしな」

「そっちはひとり」

と、せつらは右手の人差し指を立てた。

「だから、こっちもひとり」

左手の同じ指が立った。

「ふたりだよ」

緋鞘の肘が横へ突き出ると同時に銃火が迸り、晃一の右腿を射ち抜いた。

あおいの身体が旋回したのは次の瞬間だった。血煙りが身体を包んでも、彼女は倒れなかった。不自然な姿勢で立つその右肘がぱっくりと三日月型の口を開け、鮮血を溢《あふ》れさせた。

「わかった」

と、のんびり両手を上げたのはせつらだった。

「不当な取り引きに応じよう」

百合子は二の句が継げなかったろう。晃一が射たれた返礼にのほほんと女の腕を断つ残酷さ。それでいて、当人は素直にいやいや敵の要求に従おうとしている。

わからない。この若者の精神《こころ》は謎だらけだ。

一瞬、悪鬼の形相に変わった緋鞘が、すぐぶっきら棒に、

「同時に送れ」

と告げたのは、美しい若者に辟易《へきえき》したせいかもしれない。

せつらは百合子を見て、

「済まないけれど」

と言った。

「いいえ」

と答えて、百合子は歩き出した。血まみれのあおいが後につづく。

晃一も歩き出した。彼の目は暗く深い絶望を湛えていた。痛みのせいではない。身代わりの百合子を想っての懊悩だ。

二人は近づき――すれちがった。

「義姉《ねえ》さん」

晃一は呼んだが、百合子は無言で通り過ぎた。

「お互い、人質を取り戻したときが勝負だぜ」

それは、せつらにもわかっている。だが、彼の妖糸が緋鞘に対して無効なことは、大京町の廃墟で実証済みではないか。そして、あの夜香を塵と変えた緋鞘のもうひとつの力を、彼はいまだに知らない。

晃一がせつらのもとへ辿り着くと同時に、二人の女も緋鞘のそばに着いた。

緋鞘の右手が百合子の首を摑むや、

「あおいの喉を自由にしろ。でないと、この女も同じ目に遭うぞ」

と叫んだ。

「残念でした」

と、せつらは無邪気に笑った。朝の冷光の下で、天使のように。

「その女《ひと》はダミーとかいう名前なんだ」

「なに!?」

緋鞘が愕然と叫んだとき、あおいが彼の手を摑んで首に当てた。緋鞘の毛穴から噴き出る脂肪に触れた刹那、せつらの妖糸はするりとその首から滑った。

「お返しよ」

と叫んだ声は、嗄《しわが》れていたが、風に乗って確かにせつらの耳へは届いたのである。ならば、〝アラウネの歌〟は、その効果を発揮する。

あおいの口が開いた。せつらの糸は、もはや防ぐ術《すべ》がない。

「耳をふさいで！」

晃一に命じて自らも両手で蓋を――それで、万物を腐蝕させる〝アラウネの歌〟を、よく免《まぬが》れ得るか。

恐るべき詠唱《アリア》を絶叫せんとしたあおいの身体が大きく回転した。真後ろの緋鞘と向かい合っても、あおいには、もはや止める術がなかった。緋鞘の両手が耳へと向かう。

〈魔界都市〉の朝を〝アラウネの歌〟は走った。

緋鞘の身体が五メートルも吹っ飛び、かろうじて踏ん張ったのは、車道の上であった。その背後で、見よ、吊り橋を支える鋼鉄のワイヤはぶつぶつとちぎれ、橋底の表面を覆うアスファルトは粘土のように腐り、めくれ上がっていく。

「兄さん!?」

あおいが叫んだ。〈区外〉の方から疾走してくる大型トラックを見たのである。だが、すべてを振り絞った声は嗄れて緋鞘には通じず、死声を浴びた緋鞘に体勢を立て直す余裕はなかった。ブレーキの軋《きし》みは、〝アラウネの歌〟よりも強き死を叫んでいた。車と緋鞘の距離は三メートル、間に合わない。

だが、車のノーズが彼に触れたと見えた瞬間、トラックは、あり得ない方向――真横右《みぎ》へと向いた。そちらへ走った。いや、滑った。前方にあおいがいた。

「いやあ！」

絶叫は〝アラウネの歌〟と化して、トラックを叩いた。それは彼女にとって、生を呼んだか死を招いたか。――トラックの奇蹟の旋回を可能にした緋鞘の体脂肪は、その成分も死声によって無効とされ、トラックは彼女を引っかけるや、手摺《てすり》へと撥《は》ね飛ばした。そして自らも、激突するや、腐敗したタンクから漏出するガソリンに、点火プラグの火でも引火したものか、大音響とともに炎に包まれたのである。

「あおい！」

絶叫は、コートも上衣もボロボロになった緋鞘の放ったものであった。

彼は妹の叩きつけられた手摺に駆け寄り、下方を覗き込んだ。火炎地獄の外であった。

ベージュのコート姿が宙を舞っていた。

「兄さん!?」

あおいはかろうじて右手一本で一番下の手摺にしがみついていたのである。

「助けて——引き上げて」

そのロから鮮血がこぼれ、赤い花びらのように奈落へと舞い落ちていった。トラックの衝撃で内臓破裂を起こしているのだった。

指が鉄の上を滑った。

「助けるぞ！」

上段の手摺から身を乗り出し、緋鞘は手を伸ばした。右手はやすやすと妹の手首を捉《とら》え、彼は安堵した。

そして、凍りついたのである。

摩擦係数を失わせる体脂肪が、二人の手を滑らせ、見つめ合った顔には、それを了解した死の絶望だけが貼りつき——遠のいていく。

死の歌姫は、最後の一声を放ちたかったのかもしれない。だが、もはや、その力はなく、声の代わりに血の花を天華《てんげ》のごとく振り撒《ま》きながら、夏柳あおいは、底知れぬ大奈落の底へとその姿を没していった。

「気の毒に」

手摺にもたれて一服しているような緋鞘の背に、のんびりと無情の声が投げかけられた。

言うまでもない。あおいの喉を自由にした代わりに、別の妖糸をもって彼女の攻撃方向を変えた若者——秋せつらであった。

「けどね、生きたくて生きたくて、死ぬ必要なんかなかった女の娘《こ》を死なせてしまった男もいるよ。お返しは、死神全員が受けなくちゃならない。〝緋の天使〟に名を連ねる奴ら――全員が」

止《とど》めのような冷厳な台詞であった。

緋鞘の肩が震えた。妹恋しさに泣いているのだろうか。いや、それは嗚咽《おえつ》ではなかった。

「くく……くくく……くく……は……はははは……はははははは」

身の毛もよだつ哄笑《こうしょう》を放ちながら、緋鞘は身を起こした。

2

せつらを見据《す》えた顔に光るものがあった。

「おれを殺すか、美しき魔人よ。――死の大天使を殺せるのか？」

「まあ、何とか」

と、せつらは彼らしい答えをした。

「おまえは、おれの大事なものを奪った」

と、緋鞘は言った。

「あおいだけは、餓鬼《がき》の頃からいつもおれを庇《かば》ってくれた。おふくろが、おれを追い出したときだって、一緒に行くと言ったのは、あいつだけさ。あいつがどこかにいると思うから、おれはこの人殺し稼業で生きてこれたんだ。それが、おれがこの手で握った途端――殺したのは、おれなのか？」

「そうだ」

せつらはのんびりと言った。冬なのに春風に乗せるように。

「おれは守るべき女を殺した。なら、おまえが守ろうとした女も生かしてはおかん。——せつらよ、羅刹《らせつ》となって守ってみろ」

暗い色と赤い色彩が風のように流れた。

大きくバック転を打ちざま、緋鞘の右手がせつらの胸もとへと伸びる。肩に斬線が生じて、すっと消えた。

万物を埃に変える指がせつらの胸もとへ触れる寸前、黒い美影身は空中へ躍《おど》った。

着地した緋鞘の足もとの路面が、すっぽりと抜けた。

表面だけではない。その下の鉄板、補強材、ケーブル、配管——すべてが丸く切り抜かれていたのだ。

「うおおおお」

声は下方に流れた。緋鞘は配管の一本を摑んだ。その手は空《むな》しく滑って、彼は妹の後を追おうとした。

落ちる。遙《はる》か上空——橋を吊るポールの頂きに立ちながら、せつらはそう確信した。脳裡《のうり》を明るいアルバイト娘の顔がかすめた。

緋鞘の足もとへ、管からこぼれたワイヤーが滑り出したとき、せつらはこの殺害計画の、唯一の欠点を知った。

緋鞘の靴底が——万物が滑り廻る世界でただひとつ、彼を立たせている部分がワイヤーを蹴るや、彼は一気に穴の縁《ふち》から跳躍していた。

路上へ下りるや、彼は両手を地につけた。

〃早稲田ゲート〃の橋がその中央部分を塵と化して消滅させたのは、ことさら寒い冬の日の、この瞬間であった。

それは、せつらの立つポールの土台をも含んでいた。

朦々《もうもう》たる灰色の塵が冬の陽《ひ》を煙《けぶ》らせ、ワイヤーの何十本かを失ってみるみる傾いていった吊り橋が、ようやく傾斜を止めたとき、橋上に動くものの姿はなかった。

上空を黒い鳥が何羽か、不吉な象徴のように舞っていた。

「派手にやったな」

門のかたわらに立って、低くつぶやいた影がある。事務所から跳び出して来た管理員らが、凄絶な心情すら忘れて見惚れてしまい、あわてて駆け出して行ったほど美しい白いケープ姿の横へ、大空から魔鳥のごとき黒影が舞い下りたのである。

ポールが崩れ落ちる寸前、別のポールへと妖糸ごと跳び移った秋せつらであった。

「いつから見てた？」

と、せつらはコートの灰をドクター・メフィストの方へ払い落としながら訊いた。

「いましがたお邪魔したところだ」

メフィストはケープの端で鼻腔を押さえた。

「ダミーの働きを確かめに来たのかい？」

せつらは周囲を見廻した。百合子と晃一の姿はない。二人が無事に〈新宿〉側へ逃げたのは、天空から確かめてあった。

「ダミー？」

メフィストは眉根を寄せ、それから、うすく笑った。

「あの女性のことなら――本物だ」

せつらは、ゆっくりと素人の推理にしてやられた名探偵みたいに、白い医師の方を振り向いた。

「何だって？」

「ダミーではない。本物だ」

「はい、もう一度」

メフィストは無視して、

「二人はどこへ行ったと思うかね？」

「ハンバーガー屋だろ。入院中のご亭主はどうした？」

「警察へ――と言いたいところだが」

せつらは肩をすくめて、

「ま、いいか。〈新宿〉だし」

と言って、財前賢一の運命に終止符を打った。

「赤いネクタイの人物は死んだかね？」

とメフィストが、後ろに待たせてあるリムジンの方へ歩き出しながら訊いた。

「とんでもない」

「すると、私の患者が狙われる可能性があるわけだ。——行く先はわかるのだろうね？」

せつらが百合子に道案内役の妖糸を巻きつけたか、という意味である。

「まあ、何とか」

と、せつらは答えた。

「なら結構——後はよろしく頼む」

メフィストはリムジンに乗り込み、

「乗っていかんかね？」

「真っ平だ」

「残念なことだ。——そうそう、彼女の右手に気づいたかね？」

「あれは負傷——というより、機能停止だよ」

「そのとおりだ。うちの機械科医が治療をしておいた。心得ておくといい」

そして、リムジンは走り去った。

それからの一週間、ふたすじの糸を伝わって、百合子と晃一の暮らしが、せつらのもとへ流れ込んできた。

ゲートを逃げ出したふたりは、とりあえず「フラット・コンビ」へ戻り、晃一が旅行用の荷物を整え、銀行で預金を引き出すと若葉町《わかばちょう》の一角にある小さなマンションに一部屋を借りた。

「どうしてこんなことを？」

と、尋《たず》ねる百合子に、

「二日だけ、一緒に暮らしてください」

と、晃一は申し入れた。

「あいつに捕まっていた間に、義姉さんが何をしていたか聞きました。いえ、それはいいんです。この街には、もっと凄い女どもがうようよしています。それに、さっきの奴も義姉さんを追って来る。それまで、二日間だけ、おれといてください。義姉さんの記憶が戻るかもしれないし、戻らなくてもいい。おれは義姉さんと一緒に暮らしたいんです。途中でいやになっても二日だけ我慢してください」

「明日――あいつが来るかもしれないわ」

せつらが聞いたのは、二人の会話だけではなかった。巻きついた糸の蠕動《ぜんどう》、弛緩《しかん》の強弱は、ずっと生々《なまなま》しい、それだけに人間らしい男と女の行動を伝えてきたのである。

そのとき、百合子は晃一をじっと見つめたはずだ。

「それなら一日だけでも」

こう言ったとき、晃一はひたむきに、義姉《あね》の顔を凝視していたはずだ。それだけに賭ける。それだけに打ち込む――それがひたむきの意味であった。

「あいつが来たら、おれが義姉さんを逃がします」

「守るって言ってくれないの？」

晃一は苦笑した。

「守れっこないスよ、あんな化物から」

晃一の身体が急にこわばった。百合子がそっと彼の首に腕を巻きつけたのである。

「昔も私たちはこうしたのかしら？」

「とんでもないですよ、義姉さんは、いつだって、兄貴ひとすじでした」

「そう。――まちがえたのね、人生の相手を」

「そんなことはない。兄貴は少しは道を踏み外しちまったけど、あれだって、きっと義姉さんを喜ばせようと思ってしたことです」

「そんな人が、暴動に紛《まぎ》れて私を後ろから殴《なぐ》りつけたのかしら。いくら、私が空手を習っている強い女だからって？」

「魔がさしたんですよ、きっと」

百合子はそっと、義弟の顔に顔を寄せた。

「やっぱり、私、まちがえていた」

唇が重なった。長い時間《とき》を越えた、長い長い口づけであった。

それから二日間、小さなマンションの部屋は、文字どおり、愛の巣になった。

　一日目、二人は一緒に起き、百合子は近くのコンビニから買ってきた材料で、玉子とハムとサラダをアレンジした朝食をこしらえた。晃一はその間、テレビを観《み》、新聞を読んでいたが、食事を終えると、室内をうろうろしはじめた。平凡な銃弾で射ち抜かれただけの腿の傷は、妖物の脂肪から採《と》れる治療薬で、軽く足を引く程度にまで回復しつつあった。

「どうしたの？」

「いやあ、いつもは店に出てる時間だから、手持ち無沙汰《ぶさた》で」

「なら――散歩にでも行きます？」

「いやあ、その――」

「やだ」

　糸は、二人の上昇する体温まで伝えてきた。

　義姉さん、好きだ、と晃一は繰り返した。それしか知らない愛の呪文のように。

　私もよ、と百合子も応じた。男の情熱を受け入れ、やさしく包み込む女魔術師のように。

　冬の光が窓から差し込み、小さなつぐみが、こわごわそのくちばしで窓ガラスを叩いた。

「私たち、はじめてじゃないわ」

　と百合子は、上気した顔で晃一の顔を覗き込みながら喘《あえ》いだ。

「ずっと、ずっと前から、こうしていたのよ。二人きりでずっと」

「ちがうよ、義姉さん、ちがうよ」

　と晃一は、百合子の肩の傷に唇を押し当てて言った。

「いまがはじめてだ。義姉さんは、ずっと兄貴のために尽くしていたんだよ。義姉さんは、いつだって、立派な奥さんだったんだ」

二日目に雨が降った。冬の雨は灰色の街をいっそう暗く煙らせ、人々の足取りや口を重くしたが、二人だけの部屋では、小さなストーブが紅《あか》く燃え、スプリングの効いたベッドの上で、義姉《あね》と義弟《おとうと》は子供のように裸で時を過ごした。二人を封じた雨は、かえって二人の情熱を熱くたぎらせ、残された時間をどんな恋人たちにも負けない濃密なものにした。

午後遅く、二人は散歩に出た。傘は一本だった。近くの神社にそびえる楠《くすのき》の下で、黄金星屋が雨宿りをしているのを見つけると、晃一はまだ不自由な足で近寄って、「星」を五つ買った。ひとつ残った。これも買いなと言われて断わると、黄金星屋は、二人を交互に眺めて、「新婚さんへのお祝いだよ」と只《ただ》で手渡した。

星型の突起のひとつをひねって、晃一は空中に放った。「星」は爆発し、二人の頭上に、無数の黄金の星を降らせた。それは暗い雨の世界に生じた小さな奇蹟であった。星は傘を伝わって自らを地上に振り撒き、風に乗って、二人の頬や肩にも小さなかがやきを点《とも》した。

最初の日よりも激しく熱い夜が過ぎて、三日目になった。

晃一が眼を醒ましたのは昼近くであった。隣りに百合子はいなかった。愕然と義姉を呼ぶ彼の前にエプロン姿の百合子が現われ、お寝坊さんと言った。エプロンは白であった。

朝昼兼用の食事を摂《と》ってから、晃一は、はじめて真正面の百合子から眼をそらした。おずおずと切り出す彼を、義姉はやさしく見つめていた。

「今日で――お別れです――か?」

「そういう約束ね」

「そうですか」

「でも、あいつが出たとき、逃がしてくれるのなら――いいわよ」

「え――?」

それから、晃一にとっては夢のような日々が過ぎた。

朝起きれば、そばに百合子がいた。痛くもないのに足の痛みを訴えると、百合子は大急ぎで駆けつけ、救急箱から薬を取り出しかけては彼の表情から嘘に気づき、軽く頭を叩いて去るのだった。

いつ訪れるとも知れぬ恐怖から、死んでも義姉を守ると誓いながら、いま、守られているのは彼のほうであった。

3

七日目の夜は雪になった。

夕食が終わると、急に、百合子が外へ出たいと言い出した。

街が見たいの。影絵のような街が。不吉な予感がしないでもなかったが、晃一はOKした。

マンションを進むとすぐ、雪が吹きつけてきた。顔は傘を傾けてカバーしたが、首から下には雪片が貼りついた。

右足を軽く引き引き、彼は百合子と、白と灰色の街を歩いた。

「絵画館の方へ行こう」

と言うと、

「そうか、あそこも〈新宿〉だったのね」

百合子はひどく驚いた。〈区民〉はともかく、〈区外〉の連中には、絵画館のある明治神宮外苑《がいえん》が港《みなと》区だと思っている輩《やから》が多い。

木の多いせいか、この一帯は〈魔震〉の被害も少なく、絵画館もその前の噴水も、原型を保っていた。

深々《しんしん》とふける冬夜《とうや》の下で白雪に埋《うず》もれ、街灯に照らし出されて絵画館は、それ自体、一幅《いっぷく》の神秘画のように荘厳であった。

「きれいだわ、とっても」

月並みな感想を、切り詰めたような想いが支えていた。

百合子は晃一の方を向いて、

「守ってくれると言ったわね？」

「ええ」

「一週間、あなたがいてくれたから、安心して暮らせたわ。覚えておいてちょうだい。過ごしたんじゃない、一緒に暮らしたのよ」

「どうしたんです、義姉さん」

晃一は、まだ、そう呼んでいた。

「百合子よ」

「百合子──さん」

「私、勘がいいのよ。殺し屋だったから。それが伝えてきたわ。奴が近づいているって」

晃一が眼を剝《む》いたとき、二人がやって来た方角から黒い影が現われ、こちらへ向かって来た。

それに驚いたかのように、遠い頭上で鳥の羽搏《はばた》きが起こって、すぐに聴こえなくなった。

「義姉さん……」

「私がカバーするわ。その間に行きなさい。生きてたら、仇《あだ》を討ってちょうだい」

「駄目だ、おれがやるよ」

「ありがとう」

いきなり晃一を突き飛ばして、百合子は左手を前方に伸ばした。

雪夜《ゆきよ》を彩《いろど》るMPAの五連射は、紫の炎を緋鞘の胸に叩き込み、彼の肘から別の二発を、身を伏せた百合子の頭上へ飛来させた。

「無駄って言ったろうが」

緋鞘は白い歯を剝いて笑った。

「捜しあぐねてたが、情報屋に聞いたら一発だ。断わっとく。おまえたちが気がついてたかどうかは知らねえが、胸に巻いてあったせつらの糸な。あれはマンションの入り口でほどいといてやったぜ」

「あの雪か!?」

晃一は愕然となった。妙に貼りつくと思っていたが、あれに緋鞘の体脂肪が混じっていたとは。しかし、いつ、せつらはそんな糸を!? 今となっては、唯一の生への希望が失われた戦《おのの》きを、晃一は詮《せん》ない驚愕に変えた。

緋鞘が前進した。足下で雪が軋んだ。

まばゆい閃光が横から彼を白く染めたのは、次の瞬間だった。

いつの間にそこにいたのか、街灯の下にうずくまる巨影が、一二・七ミリ機関銃を搭載した軍用ジープのものだと三人が悟った刹那、脳髄を揺さぶる銃声が炎の直撃を緋鞘に叩きつけた。一二・七ミリ、ブローニング重機関銃の弾丸は、すべて彼の体表面で滑り、地面や噴水の台や彼方の木立の枝を射ち砕いた。

「阿呆が」

と、向き直った緋鞘めがけて、ジープが魔獣のごとく突進した。

雪片に塵が混じった。それがジープのタイヤでありシャーシーであり、エンジンであり、窓ガラスであるなどと、誰が信じられたろう。

緋鞘の手が触れた瞬間、ジープは数十キロ分の塵と化してしまったのだ。

間一髪で車から跳び降りた射手が、着地と同時に小型のサーチライトみたいなものを向けた。

ごお、と噴き出したのは六〇〇〇度の火炎放射だった。炎は、しかし、緋鞘のカバーした両腕

を滑って射手を襲った。

火だるまになって地上をのたうつ射手を見ているうちに、緋鞘の表情が変わった。眼がすわり、口の端《は》から涎《よだれ》がしたたり落ちる。橋上でのせつらとの対決でさえ見せなかった狂気の相であった。火を点《つ》けたのは、文字どおり炎か、焼ける人体か。

「逃げて！」

噴水の前に立つ晃一を庇うように百合子がダッシュした、その頭上を緋鞘は軽々と跳躍するや、何と今も水を吐く噴水の中に落ちた。

水も黒曜岩も大理石もすべて塵と化し、宙に舞った。狂い舞う灰は二人に吹きつけ、激しく咳《せき》こませ、視界をも奪った。

緋鞘は絵画館をも襲った。石段を駆け上がり、門を塵に変えて館内へ跳び込む。

「まさか――」

晃一の叫びは、それが終わらぬうちに灰と化した建物への鎮魂曲《レクイエム》となった。

「早く逃げて」

押し離そうとする百合子に晃一は抗《あらが》った。

「おれたちは一緒に暮らした。だから、死ぬときも一緒だよ」

百合子は何ともいえぬ眼で晃一を見つめた。

夫は、麻薬の売買を責める彼女を殺そうとした。その弟は、いま、死を供《とも》にしようと言う。

「一緒に死ねるのね」

と言った。

「そうだとも」

晃一の眼は、かつては絵画館だった灰の山の間から、こちらへ向かって来る狂気の人影を捉えていた。

この狂気——これこそが、夏柳緋鞘をファミリーから追放し、その存在を語ることさえ厳禁した元凶だったのだ。恐らく、それが何らかの形で、死に関連し、しかし、どのような状況で勃発《ぼっぱつ》するのかまるでわからないだけに、さしもの〝ウィッチ〟——夏柳志保も懊悩《おうのう》したにちがいない。

狂気の殺人者は、二人の眼前に迫った。その眼には、妹の復讐への純粋な怒りもない。生きるものすべてを殺戮せずにはおかぬ地獄の狂気のみが燃えていた。

霏々《ひひ》と降りつづく雪の世界で、確実な死が二人を捉えようとしていた。

「義姉《ねえ》さん」

と義姉《あね》を庇いつつ、晃一は呼びかけた。

「正直に言っとくわ。おれ、昔、義姉さんと何度も愛し合ったんだ」

「知ってたわ」

と百合子は、そっと彼の手を握りしめた。

「だから、呼んだのよ、あなたの名を」

賢一の病室へ義姉が入る前に聴いたようなあのひと言《こと》は、自分の名前だったのだ。

どちらが庇うわけでも、どちらが守られるわけでもない。いま、二つの影はひとつに溶け合っていた。

緋鞘の右手が上がった。

その手首に不可視の糸が巻きついたのは、次の瞬間だった。

一秒とかからず体表から噴き出す脂肪に緊縛《きんぱく》力を失って、糸はすぐ離れたが、緋鞘も振り向いた。

どこかで鐘が鳴った。

百合子と晃一と、緋鞘がやって来た通路の端に二つの美しい影が立っていた。

秋せつら
ドクター・メフィスト
鐘は十二を数えた。そして、もうひとつ。

いま、ゼロ・アワー。

死の大天使に黒白《こくびゃく》の魔人が挑む時刻《とき》であった。

自分を見つめる美貌の、あまりの美しさゆえか、緋鞘の眼の中の狂気が、ふっと消えた。

「どうやって、ここへ？」

と、彼は訊いた。

せつらが人指し指を立てた。

羽搏きの音とともに、少し離れた街灯の頂きへ舞い下りた影がある。

「おまえは!?」

さすがに驚愕を隠せぬ緋鞘の眼は、微笑する夜の若き主を捉えていた。

夜香。

彼はあのマンションの前で、塵と化したのではなかったのか？　そうだ。現実に彼は分解した。だが、風に散る寸前、〈新宿〉じゅうへと散って通行人の生血を吸った吸血蝙蝠《こうもり》たちが飛び帰り、その死灰へ口腔の生血を注いだのだ。

吸血鬼――夜の魔王の生命力は、緋鞘の常識を凌《しの》いだ。

彼は怒り、いま再び、宿敵のもとへとその勇姿を現わしたのだった。

「糸がほどけてすぐ、〈新宿〉上空へ上がってもらったのさ」

と、せつらは淡々と言った。すると、先刻の――頭上での羽搏きは？

「幸い、すぐに見つかった。――ドクター、手を出すなよ」

台詞《せりふ》は立派だが、言い方は小春日和《こはるびより》だ。

「私は患者の安否を確かめに来ただけだ」

白い医師は静かに百合子の方へ近づいて行った。

緋鞘のかたわらを通るときも、一瞥《いちべつ》すら与えず、メフィストは百合子の前に立った。穏やかに言った。

「お加減はいかがかな?」

この医師もよっぽどおかしい、と晃一が憮然《ぶぜん》とする間《ま》もなく、緋鞘がせつら目がけて走った。

その身体を十文字に切り裂く糸はことごとく滑り、跳びずさったせつらの足も雪の上に撒かれた体液を踏んで、また、地上に転がった。

「せつらさん⁉」

横合いから飛び出した百合子＝きしあの声に、そちらが先と思ったか、緋鞘が反転したそのとき、緋鞘の右腕と左足は付け根から切断され、愕然となった殺人者の胸もとへ、百合子は右手から飛び込んで、そして、一気にその鳩尾《みぞおち》を貫いていた。

せつらの場合は、緋鞘の身体自身がゲートでの戦いで傷《いた》めつけられ、脂肪の効力も減じていたのだろうが、メフィストが機能と言ったとおり、百合子の腕は鋼鉄すら貫く一種の兵器だったのであろう。だが、それでも緋鞘の脂肪に触れれば滑る。方向は狂う。では――摩擦係数ゼロの物質を、外部からの力が破壊するためにはどうしたらいいのか？　その面に垂直に――一万分の一度の狂いもなく、垂直に力を叩きつけるしかない。動く人間相手にこれを可能にするのは、至難中の至難だ。人体に平滑な部分はあまりにも少なく、それは常に動き廻る。

いや、きしあだけが――きしあの右手だけがそれを可能にした。恐らくは彼女自身の格闘家としての天才と、精密科学の粋《すい》と、西洋魔術の密儀が為《な》し遂げた技であろう。夏柳志保は、ひょっとしたら、何よりも緋鞘を殺害すべく、彼女に刮目《かつもく》したのではなかったか。

どっと倒れた死の大天使の身体は、しかし、全員の眼を見張らせた。

倒れた刹那、その身体は橇《そり》と化しでもしたみたいに地上を滑走し、誰ひとり動けぬままのせつらたちを残して、外苑の森の中へと吸い込まれてしまったのだ。

「どこまでも脂肪できたか」

せつらはもう、立ち上がっていた。どこかに巻いた妖糸に支えられているのだろうが、どこから見ても自力の直立だ。

「どこへ逃げても、〈新宿〉の眼からは逃《のが》れられん」

と、メフィストが冬の声で言った。

「〈魔界都市〉にいる限り」

彼は足早に雪を踏んで、灰と化したジープのそばに横たわる――まだ黒煙をくゆらせている機関銃の射手に近づいた。

最初に近づかなかったことでもわかるように、男はこと切れていた。

その顔に、みな見覚えがあった。――酢漿草《かたばみ》直人《なおと》だった。

百合子に生命を救われた男。きれいな女性《ひと》だと言った男。彼は百合子を捜していたのではなく、自分の組織をつぶした緋鞘を追っていたのではなかろうか。

不思議と損傷の少ない顔に、雪片がいくひらも舞い下りた。

気配がひとつ遠ざかった。

百合子だった。

「義姉さん」

追い駆けようとした晃一の身体が止まった。百合子の眼の力だった。

「あいつを仕留められるのは私だけ。――安心して。今度は追い駆ける番よ」

眼を閉じた。ふたたび開いたとき、これは、七日の間、晃一を見つめつづけてきた眼と同じになっていた。

「あいつを斃《たお》したら——きっと、戻って来ます。そうしたら、もう一週間——いいえ、時間が許す限り、あなたと」

晃一の頬に光るものがあった。

「義姉さん……記憶は戻っていたんですか?」

答えはない。

せつらとメフィストに黙礼して、しなやかな肢体は森の方へと歩き出した。すぐ、雪に閉ざされた。降りが激しさを増している。

「まだ、終わらない」

と、せつらがささやくように言った。

「終わらない以上、あいつは戻って来る。そして、あの女性《ひと》も」

答える者はない。

晃一も、もはや泣いてはいなかった。旅立った女が〈魔界都市〉の住人だとすれば、まことそれにふさわしい凄烈な出立の光景を、やがて、白い雪が静かに塗りつぶしていった。

新書判・あとがき

「終わるまで、入ってもらいましょうかねえ」

ノン・ノベル編集長I氏の、凄味を利《き》かせたひと言《こと》が、すべての始まりだった。ちなみに、このはじめに〝借金を返すまで〟と付け加えれば、誰でも親しめるだろう。

私は泣く泣く、銀座の外れにあるTホテルへ閉じ込められたのである。この「あとがき」執筆の、じつに十二日前のことであった。

ノベルの担当は、ご存じ、スタミナ満点のH氏なのだが、彼にはここへ書けない禁断の事情があり、代打I氏の登場となったのであった。

結果的にはこれが幸いした。

祥伝社第一作（つまり、私のアダルト・デビュー以来）から私を担当してきたI氏は、こちらの性格すべてを読み取っており、私がズラかろうとすると現われ、クタクタになって眠るまで、自分も一睡もせずに背後のソファにいる。

やむを得ず、私はちょこんとH氏がやって来た晩に限って、

「な、外、行こう、外で飯食おうよ」

などと強引に誘い、銀座のバーへ出かけたりしていた。ちなみに、H氏の名誉のために断わっておくと、他の時間、彼はガチガチと歯を鳴らし、指をポキポキいわせて私を威嚇し、部屋から一歩も出さなかった。

連日連夜の奮闘にもかかわらず、書き下ろし『緋の天使』は遅々《ちち》として進まず、「小説non」連載に食い込むことになり、ついに休載が決まった。このとき、ただひとり反抗したのが、これもご存じ、雑誌担当のT氏であった。

「駄目だ」

と言っても、ノベルと雑誌の編集長同士が休載を決めた以上、どうにもならない。

私はたちまち、彼のいやがらせ電話にも悩まされる羽目に陥《おちい》った。

受話器を取ると、骨の髄まで、この業界で腐り果てた声が、

「へっへっへ、お元気ですかねェ」

「何の用だ、切るぞ」

「へっへっへ。ひょっとして、休載が決まったのを、ご存じないんじゃないかと思いましてねえ。後で百枚も書いていただいたのに、ありゃ、ページがないぞ、じゃ、申し訳ありませんからねェ」

T氏の自宅はわかっている。私は早速、火でも点《つ》けに行こうかと思ったのだが、勘のいいI氏に止められて、ついに果たせなかった。

書くべきことは他にも山ほどあるのだが、ともかく、『緋の天使』は完成した。

I氏、H氏には深く感謝したい。T氏？　――ああいう、悪逆非道の男など、どうなろうと知ったことではない。いい死に方はしないだろう。

平成七年十一月十三日
「光る眼」（旧作）を観《み》ながら
菊地秀行

解説――〝異分子〟を優しく受け容《い》れる街、〈新宿〉

笹《ささ》川《がわ》吉《よし》晴《はる》

一九九五年十二月に刊行された本書『緋《ひ》の天使』は『夜叉姫《やしゃき》伝』（全八巻）、『鬼去来《ききょらい》』（全三巻）、『死人《しびと》騎士団』（全四巻）と大作路線が続いた《魔界都市ブルース》としては『双貌鬼《そうぼうき》』以来、実に七年振りの一巻ものである（ここで一応念のために確認しておくと、《魔界都市ブルース》というシリーズは秋せつら＆ドクター・メフィストのコンビが活躍する長編作品であり、「魔界都市ブルース」というタイトルが付された連作短編の方は、あくまでシリーズとしては《マン・サーチャー》という名称なのでお間違えなきよう）。さらに付け加えるなら、これはシリーズ初の書き下ろし作品でもあるわけで、連載の過程で物語が長大に膨《ふく》れ上がっていったそれまでの作品に対し、焦点を絞り込んで一気呵成《いっきかせい》に書き上げたという点においていささか生理を異《こと》にする。

　第一作である『魔王伝』以来、《魔界都市ブルース》はその主題及び量において、菊地作品の〝核〟を担《にな》ってきたと言っていい。〈魔界都市〉というコンセプト自体、僕たちの見知った世界を変容させ、〝現実〟の中に異界を現出させるという菊地秀行の方法論をそのまま具現化したものだ。そこに〈区外〉――つまりは現実社会の中に行き場を持たないものたちを受け容《い》れることで、被疎外者《ひそがい》や逸脱者《いつだつ》の心の有り様《あよう》を〝普通〟の小説が描こうとしない――あるいは描くことが不可能な方法でもって描き出そうとしているのが、《魔界都市ブルース》というシリーズなのである。従って、そこに登場する〝人間〟たちはたとえ敵役や脇役であろうとも皆、語られるべき物語《テーマ》を背負っている。〈新宿〉に生きること、それ自体が一つの物語であるからだ。

つまり《魔界都市ブルース》の主題はストーリーではなく、キャラクター一人一人の中にある。彼らが交錯《こうさく》することで物語が絡《から》み合い、より重層的で大きな物語が織《お》り上げられていく。連載が当初の予定を超えて長大化するのもむべなるかな。物語に関わる全ての〝人間〟たち、それぞれの物語をも語り尽《つ》くすことを作品が要求しているのだから。

しかし、こうした作品の構造は、それと対峙《たいじ》するにあたって作者、そして読者にとっても相応の覚悟を必要とする。その重圧や緊張が重量感ある読み応《ごた》えを生むわけだが、こと〝ヒーロー〟という側面から見た場合、せつら＆メフィストもまた他の登場人物たちと等価――いや、場合によっては後ろに退《しりぞ》き、あるいはストーリーを動かす〝力〟としての役割に徹することも往々にしてである。それは作品的には喜ばしいことであるのだが、一方ではこのコンビにヒーローとしての魅力を存分に発揮させたい――つまりは彼ら自身の物語を語らせたいという思いが掠《かす》めるのもま

れる。

た事実である。

『緋の天使』はシリーズが直面していた、そういう状況に対する一種の転換点として位置付けら

多様な登場人物の思惑によって、闘争図式が複雑に錯綜《さくそう》していく大作群に比べると『緋の天使』の物語は、せつらと〝緋の天使〟一家《ファミリー》の闘争に一本化されているといっていい。喪《うしな》われた記憶を求めて彷徨《ほうこう》する女きしあによって引き起こされた闘争は、彼女を中心に置いているようでありながら実のところ、一人の少女の死を負ったせつらの復讐戦に収斂《しゅうれん》される。他の登場人物たちはまるで闘いの枝葉が広がるのを防ぐかのように、せつらに下駄を預け、あるいは側面から支援するに留《とど》まる。〝相棒〟であるメフィストでさえ、今回は脇に回っているという印象が強い。

そして〝緋の天使〟側もまた、きしあを手中に収めるという行為を通じて、一家の母を殺し、昂《こう》然《ぜん》と挑戦してきたせつらに復讐の意味を込めて対峙する。

その結果、ストーリーの枝葉を生《お》い茂らせた重厚な作風から転じて、『緋の天使』はむしろ《マン・サーチャー》の一編を思わせるようにシャープで、しかも軽快なアクションに仕上がった。

こうした事情について菊地秀行自身は、初刊本に付された〈著者の言葉〉でこう語っている。

「そろそろ、私は、せつら&メフィスト・コンビとのつき合いに疲れはじめているのだが、『緋の天使』を執筆中、それが間違いだったことに気がついた。／まだ、どんどんいける、少しも倦《あ》

きていない。せつらもメフィストも、新品同様に頑張っている」。大作が続き、さらにオールスター・キャストの超大作と作者自《みずか》ら予告する『闇の恋歌』を控《ひか》えて、この辺でせつらとメフィストをヒーローとして再認識しよう、彼らこそが〈新宿〉であることをもう一度刻《きざ》み込もうという試みが、『緋の天使』という作品であるとは言えないだろうか。実際、これ以降しばらくの間『ブルー・マスク』『〈魔震〉戦線』『シャドー〝X〟』と、シリーズは一～二巻もの（しかも後者二作は書き下ろしだ）のアクション編が続くことになる。

しかし「手抜きは一切《いっさい》ない。ただの間奏曲《インタールード》ではないのである」（『シャドー〝X〟』あとがき）と語る通り、これらの作品が大作群に比べて軽いというわけでは決してない。むしろ構成が比較的シンプルである分、そこに内包されたテーマがより直截《ちょくせつ》に迫ってくるとさえ言えるのである。

それはこの『緋の天使』もまた例外ではない。

『緋の天使』における闘争の中心に位置するきしあ＝百合子《ゆりこ》は殺戮《さつりく》集団〝緋の天使〟一家の呪縛を逃れ、喪われた過去を求めて〈新宿〉に逃れ込む。彼女を追う一家は、家長である老母・志保《しほ》によって強固に結びつけられた血縁集団である（それは例えば、映画『血まみれギャングママ』『ビッグ・バッド・ママ』などのモデルとなったバーカー一家を思い起こさせる）。母の死に対して、長男の竜之介《りゅうのすけ》が「さよなら、あなたはうるさかったよ」とその生首を屑籠《くずかご》へ放り込み、三男・三十郎《さんじゅうろう》が「もう、仲のいいファミリーを演じる理由がねえだろ。これからは、おれたち個人の力だけでのしてくんだ。ああ、やっと、この日が来たぜ」と快哉《かいさい》を洩《も》らすように、それは血縁と因習によって支配されている。そして記憶を奪われ、この一家に取り込まれた百合子は執拗《しつよう》な呪縛を渾身《こんしん》で遂に断ち切り、〈新宿〉に潜伏して以後は極力他人と関わらず、独り自己を回復しようと足掻《あが》く。

ここに浮かび上がるのは血縁的な共同体による呪縛の強力さと、そこから逃れ出ることを希求する個人との葛藤《かっとう》だ。過去を捨て、夏柳《なつやぎ》家の一員たることを強要された百合子がそこから逸脱しようとすれば、その行き着く先は、あらゆる軛《くびき》から放たれたものたちがその代償として苛酷な環境の中、何にも頼らずただ己《おのれ》の力のみで個人として生きる街――〈魔界都市〝新宿〟〉以外にあるまい。そして百合子が目指すのは、共同体集団に対する個人と個人の最小単位の関係性である〝男〟と〝女〟――〝夫婦〟――。

しかしまた、夫婦こそが家族という血縁共同体の始まりである以上、物語はそれを見逃すことはない。夫にすら裏切られた百合子に用意されるのは夫の弟＝義弟との愛という、共同体の秩序から逸脱したところに築かれる孤独な平安のみ――。その平安にさえも安住することを許されず、百合子は愛する者を背に再び闘いの中に還《かえ》っていく。

ここに、例えば『鬼去来［上］』のあとがきにおける「この世の中が安住の地ではないという知識が、私には揺るぎなくある」「ひょっとしたら、私たちは間違えてここ、、にいるのではないだろうか。本来、存在すべきところ、所属すべきところは別にある」という感慨を、そして「黙って一家の団欒《だんらん》に背を向け」「この世から消え去る」「至福」に関する夢想を重ね合わせれば、この作家が内に抱く孤独感が『緋の天使』に、そして〈魔界都市〉という物語に落としている影に改めて気付かざるを得ない。

「けっしてこの世に容れられそうにない異分子」(『鬼去来〔上〕』あとがき)たちを優しく受け容れる街、〈新宿〉。その創造主は、しかしどこへ行けばいいのか。その問いかけは、やはり孤独感を心の奥底に抱えた僕たち自身にもまた、為《な》されているのだ。

『ロング・キス・グッドナイト』を観ながら

（この作品『緋の天使』は、平成七年十二月、小社ノン・ノベルから新書版で刊行されたものです）

一〇〇字書評

切り取り線

本書の購買動機（新聞名か雑誌名か、あるいは○をつけてください）

＿＿新聞の広告を見て	雑誌の広告を見て	書店で見かけて	知人のすすめで

住所	
なまえ	
年齢	
職業	

あなたにお願い

この本をお読みになって、どんな感想をお持ちでしょうか。右の「一〇〇字書評」を私までいただけたらありがたく存じます。今後の企画の参考にさせていただきます。

あなたの「一〇〇字書評」は新聞・雑誌などを通じて紹介させていただくことがあります。そして、その場合は、お礼として、特製図書カードを差しあげます。

右の原稿用紙に書評をお書きのうえ、このページを切りとり、左記へお送りください。電子メールでもけっこうです。

〒101-8701 東京都千代田区神田神保町三―六―五
九段尚学ビル　祥伝社　☎(三二六五)二〇八〇
祥伝社文庫編集長　加藤　淳
bunko@shodensha.co.jp

祥伝社文庫

上質のエンターテインメントを！　珠玉のエスプリを！

祥伝社文庫は創刊15周年を迎える2000年を機に、ここに新たな宣言をいたします。いつの世にも変わらない価値観、つまり「豊かな心」「深い知恵」「大きな楽しみ」に満ちた作品を厳選し、次代を拓く書下ろし作品を大胆に起用し、読者の皆様の心に響く文庫を目指します。どうぞご意見、ご希望を編集部までお寄せくださるよう、お願いいたします。

2000年1月1日　　祥伝社文庫編集部

●NPN740

緋《ひ》の天使《てんし》　長編超伝奇小説

平成12年2月20日　初版第1刷発行

著者　菊《きく》地《ち》秀《ひで》行《ゆき》

発行者　村木博

発行所　祥《しょう》伝《でん》社《しゃ》

東京都千代田区神田神保町3-6-5
九段尚学ビル　〒101-8701
☎03（3265）2081（販売）
☎03（3265）2080（編集）

印刷所　堀内印刷

製本所　関川製本

万一、落丁・乱丁がありました場合は、お取りかえします。　Printed in Japan

ISBN4-396-32740-4 C0193

祥伝社のホームページ・http://www.shodensha.co.jp/